「メインディッシュだけじゃ食い足りない。おやつも与えろ」
　後ろに深々と宗近の雄をくわえ込んだまま二か所を刺激されると、段々とどこをどう感じているのかもわからなくなってしまう。興奮はとどまるところを知らず、椎葉は夢中になって身体を揺らし続けた。
「……っと、宗近……ああ……っ」
「もっと？　もっと激しくされたいのか？」

SHY NOVELS

# エス

英田サキ

イラスト 奈良千春

# CONTENTS

エス

銃器密売を含め、銃器犯罪は秘匿性《ひとくせい》及び組織性の高い犯罪であり、隠匿《いんとく》の巧妙化が顕著となる一方、協力者（情報提供者）を犯罪組織から秘匿・保護することが要請されるなど、その捜査をめぐる情勢は極めて厳しい。

――平成十五年版　警察白書　～組織犯罪との闘い～

# 1

深い眠りを貪《むさぼ》っていた無防備な意識に、甲高《かんだか》い電子音が突き刺さる。

姿なき突然の訪問者に叩き起こされ、椎葉昌紀《しいばまさき》はベッドの上で唸《うな》り声《ごえ》を上げた。就眠中の電話は凶器と同じだ。鳴りやまない電話を叩き壊したい気分で、のろのろと身体を起こし受話器を掴んだ。

「もしもし」

やや掠《かす》れ気味の椎葉の声には、不機嫌さがありありと滲《にじ》み出《で》ていた。しばらく待っても相手は何も喋《しゃべ》らない。悪戯電話か、と受話器を戻そうとしたその時、相手が口を開いた。

「寝ていたのか。もう夕方だぞ」

聞き慣れない男の低い声。記憶をさらって該当者《がいとうしゃ》を割り出そうとしてみたが、誰の声かわからない。寝起きの頭では無理だと判断し、椎葉は早々に白旗を揚げた。

「誰だ……？」

問いながら、椎葉は親指と人差し指で両瞼《まぶた》を揉み込んだ。眼球の奥が鈍《にぶ》く痛んでいる。痛みには脳内に異物が侵入してきたような、嫌な不快さが混ざっていた。

「名乗ってもお前にはわからない。俺はお前のことを知ってるがな」

謎めいた言葉に指が止まる。頭の中で赤い警告ランプが点滅していた。

「……どうしてこの番号を知っている？」

「安東《あんどう》に気をつけろ」

「なんだって？　それはどういう意味――、おいっ？」

電話は唐突に切れてしまった。舌打ちして受話器を置く。

苛立った気分で窓のカーテンを引くと、もう日が沈む寸前だった。冬の短い夕刻が終わろうとしている。薄闇が迫る街並みをしばらく眺めた後、椎葉は浴室に向かった。

肌がひりつくほどの熱いシャワーを浴びていると、次第に頭がすっきりとしてくる。身体を洗いながら、椎葉は今の電話のことを上司に報告するべきかどうか思案した。だがすぐに、あれだけの内容では報告のしようがないという結論に辿り着く。

一体、さっきの男は何者なのか。安東のことだけでなく、椎葉と安東に繋《つな》がりのあることも知っていた。もちろん、それ自体は別におかしなことではない。表向き、椎葉は安東の友人ということになっているのだ。けれど安東の周囲にいる人間に、この部屋の電話番号は教えていない。安東ですら携帯の番号しか知らないはずだ。

シャワーを済ませると、バスタオルを腰に巻きつけてキッチンへと向かった。冷蔵庫からよく冷えたミネラルウォーターを取り出し、一気に半分ほど飲み干す。空っぽの冷蔵庫を眺めながら、椎葉は頭の中で男の言葉を反芻《はんすう》した。

『安東に気をつけろ』

どういう意味なのかわからない。安東とは知り合って、もう三年以上になる。強固な信頼関係ができあがっている相手で、今や椎葉にとってなくてはならない男だ。仕事上の大切な相棒といっても過言ではなかった。そんな存在である安東の、いったい何に気をつけろというのか。男の意図が少しも読めない。

椎葉は難しい顔のまま小さな吐息を漏らした。安東は自分のエスだ。安易に疑うことはできない。疑えば足許《あしもと》がぐらつく。エスとは一蓮托生《いちれんたくしょう》の仲、言うなれば運命共同体なのだ。

冷蔵庫にペットボトルを放り込み、椎葉はクローゼットの前に立った。中から一枚の白いシャツを選び、素肌に羽織《はお》る。上質のスーツを着込んだ後、額に落ちた髪をかき上げて、鏡の中に映る自分の姿を隅々まで検分した。

襟元が大きくはだけたシャツ。その胸で光る金の鎖《くさり》。しなやかな肢体を包み込む、細身のダークスーツ。

椎葉は醒めた眼差《まなざ》しで、すでに見慣れてしまった自分の軽薄な姿を眺めた。その口元は自嘲気味にかすかに歪んでいる。

まるでどこかのチンピラのようじゃないか。

だがそれでいいのだ。一旦この部屋を出れば、自分は椎葉昌紀という警察官ではない。

俺の名前は柴野《しばの》晃《あきら》——。言い聞かせるように、胸の中で自分のもうひとつの名前を呟き、椎葉はクローゼットの扉を閉めた。


椎葉は俯《うつむ》き加減で足早に靖国通《やすくにどお》りを歩いていた。

約束の時間にはまだ少し早いが、安東と待ち合わせをしている時は、いつも早めの到着を心がけている。遅れればそうと気づかないうちに、心理的余裕を失ってしまうものだ。この仕事はどんな時でも、相手より優位な立場で物事を進めていかなければならない。心に隙《すき》を生む状況は、できる限り避けなければならなかった。

対向する通行人たちは椎葉の姿を認めた途端、わずかに身体をずらしていく。おそらく無意識のうちの行動なのだろうが、それが他人の目に映る椎葉という男の印象を、如実《にょじつ》に表していると言えなくもなかった。あからさまに飛び退《との》いて避けるほど怖くはないが、気軽に道を尋ねられるような雰囲気でもない。喩《たと》えるなら、そんなところだろう。

「あ、柴野さんっ」

イメクラなどが多いさくら通りに入った途端、顔馴染みの客引きが声をかけてきた。以前、安東の店で働いていた森口《もりぐち》という男だ。

「新しい子、入ったんですよ。これがまた、すっごい美人！」

「へぇ。そりゃぜひとも、一度お願いしたいもんだな」

「とかなんとか言っちゃってぇ。柴野さん、一回も来てくれたことないじゃないっすか。まぁそんだけの男前なら、わざわざ金出して遊ぶこともないんだろうけどさぁ」

残念そうにぼやく男の肩を叩き、椎葉は「またそのうちな」と微笑んだ。

「安東社長によろしく言っといてくださいよ」

「ああ。森ちゃんも頑張って働けよ」

歌舞伎町《かぶきちょう》でいくつかの風俗店を経営している安東は、この界隈《かいわい》では顔が広い。安東のおかげで、椎葉もまた雑多な人種たちと知り合えるのだ。情報を集めるためには、コネクションの数は多いに越したことはない。

目的の雑居ビルの少し手前で、椎葉は足を止めた。路地の奥まった人気《ひとけ》のない場所に、見知った顔を認めたからだ。大柄な男に腕を摑まれながら、何かを喚《わめ》いている派手な格好をした青年。安東のところにいる赤井俊樹《あかいとしき》だった。珍しく険悪な表情を浮かべて、長めの髪を振り乱している。

「離せって言ってんだろうが、このクソオヤジっ。俺が何したっていうんだよっ？　店の看板、

「ちょっと蹴飛ばしただけじゃねえか」

「ちょっとだとぉ？　思いっ切りの間違いだろうが。話は交番で聞くから、おとなしく俺についてこい」

「あんた、キップ持ってんのかよ？」

男が俊樹を『馬鹿野郎』と怒鳴りつけた。ドスの利いた声だった。

「何がキップだ。一丁前の口きいてんじゃねぇ。現行犯に逮捕状なんかいるかってんだ」

「ちょ、ちょっとマジ勘弁してよ、刑事さん。俺はさぁ、別に──あ、柴野さんっ」

椎葉の存在に気づいた俊樹が大きな声を上げた。椎葉は内心で舌打ちしつつも、表情は変えずにふたりへと近づいた。できれば関わりたくなかったが仕方ない。

「柴野……？」

大柄な男が椎葉を見て、眉をひそめた。何か言いたげな目を無視して俊樹に顔を向ける。

「どうしたんだ？　一体、何をやった？」

「何もしてないっすよ。ここの酒屋の店員、すげぇ態度悪いからムカッときて、出るときに看板ちょっと蹴ったら、このおっさん……じゃねーや、刑事さんが器物損壊だとかイチャモンつけてきて……」

俊樹の顔色はやけに青ざめている。おおかた手に持ったバッグの中に、ドラッグか覚醒剤あたりの、所持品検査をされるとやばいものが入っているのだろう。

椎葉は目の前に立っている刑事に視線を向け、わざとらしく「あれ？」と首を傾けた。

「大迫《おおさこ》さんじゃないですか。お久しぶりです。偶然ですね」

隣で俊樹が「え？　なに？　この刑事さん、柴野さんの知り合いなんすか？」と目を丸くしている。

「……久しぶりだな。元気そうで何よりだ」

大迫と呼ばれた刑事の口調は、どこか歯切れが悪い。

「大迫さん。こいつは俺の知り合いなんですよ。見てくれはちょっと派手ですが、根はいい奴です。どうか勘弁してやっていただけませんか？　この通りです」

椎葉が頭を下げると、大迫は渋々といった感じで頷いた。

「わかったよ。お前さんの顔に免じて、今回だけは大目に見てやる。……いいか、坊主《ぼうず》。二度とするなよ。次にやったら問答無用で現行犯逮捕だ」

大迫に釘《くぎ》を刺され、俊樹は「わかりましたよ」と不満そうに頭を下げた。

「……俊樹。事務所に行って、社長に少し遅れると伝えてくれないか。頼むよ」

椎葉の言葉に頷くと、俊樹は逃げるようにその場から立ち去っていった。後ろ姿を見送ってから、椎葉は大迫にまた頭を下げた。

「すみませんでした」

「柴野さん、か。お前も大変だな」

厳《いか》つい顔には同情めいた色合いが浮かんでいる。

「えらく変わっちまって驚いた。どこかの売れっ子ホストみたいなナリじゃないか」

今夜の椎葉はラフに着崩したスーツの上に、襟《えり》と袖《そで》に大きなボアがついたキャメルのラムコートをはおっていた。確かに一歩間違えれば気障《きざ》なホストのような格好だ。

「仕事ですから。……大迫さん、今どこに？」

「ジュク署だ。古巣に戻れて清々してるよ。やっぱり俺には普通の捜査が向いてる」

大迫の言葉はもっともだ。捜査と呼べないような特殊な仕事は、誰だってやりたくない。

大迫は椎葉が本部、すなわち警視庁の生活安全部にいた頃の同僚だった。同時期に所轄《しょかつ》から本部へ移動となったふたりは、共に情報捜査専科の特別講習を受けた仲でもある。

年齢は大迫のほうが十歳ほど上だったが、受講した同期の中では一番気の合う相手だった。というより、大迫だけが椎葉を色眼鏡《いろめがね》で見ることなく自然に接してくれたのだ。その後ふたりは、生安部に新しく設置された銃器薬物対策課の情報係に配属となり、それぞれ現場で情報収集作業を開始することになった。

だが半年ほどで大迫は自ら配置換えを希望し、いつしか本部から去っていった。大迫だけではない。情報捜査員として現場へと散らばっていく刑事たちの数は、最終的に約半数ほどまで減ってしまう。ある者は警察を辞《や》め、ある者は大迫のように配置換えの希望を出し、少しずつ姿を消していくのだ。平たく言えば情報捜査とは、それほど刑事たちから忌み嫌われる嫌な仕事ということだ。

「今は組対《そたい》五課にいるのか?」

大迫の問いかけに、小さな頷きを返す。

「どうだ。組対に替わって、いろいろやりにくいこともあるんじゃないのか?」

「呼び方は変わっても、やってることは生安にいた頃と同じです」

椎葉の答えに、「それもそうだな」と大迫が苦笑した。

「確かに組織の形がどう変化したところで、現場のデカには関係ない」

平成十五年、警視庁では大がかりな組織の改編があった。組織犯罪対策部の新設である。これまで暴力団や外国人集団による組織犯罪は、刑事部、生活安全部、公安部の各課がそれぞれ別々に取り締まってきた。しかし犯罪組織の手口は近年ますます凶悪化、巧妙化、国際化の一途を辿っていて、現状では捜査が極めて困難になっている。さらなる取り締まりの強化を図るべく警視庁に設置されたのが、組織犯罪対策部だった。

組対部は約九四十人体制の六課一隊で構成されている。公安部の外事《がいじ》特捜隊が第一課、刑事部の国際捜査課が第二課、同じく刑事部の暴力団対策課が第三課、捜査四課が第四課、かつて椎葉が在籍していた生活安全部の銃器薬物対策課が第五課、そして生活安全部にあった国際組織犯罪特捜隊が特捜隊として、それぞれ組対部に移行した。

警視庁に新たな部が置かれるのは、昭和四十二年の警ら部（現地域部）以来のことだ。しかも長年暴力団を取り締まってきた、伝統ある捜査四課の名前も消えてしまった。警察内でもこの大きな組織改編は本当に上手く機能するのか、という不安の声が上がったが、上層部の意気込みたるや相当なものだった。

表向きには捜査情報の一本化、もしくは一元管理のための改組なのだが、縦割り対策を廃し、総合的に組織犯罪の捜査にあたるという触れ込みの陰に、その実、警察内の悪《あ》しき体質を排除したいというキャリア官僚たちの思惑も隠されていた。

これまで各部署は、強《し》いて言うならば敵対関係にあった。外国人犯罪、暴力団犯罪、銃器薬物犯罪という、元々が密接した関係にある犯罪だけに、露骨な言い方をすれば同じ犯罪を奪い合う、すなわち手柄の取り合いが行われていたのだ。

検挙数を競う実績主義が秘密主義を生み、縄張り意識という弊害《へいがい》を育ててきた。互いが情報を隠し合ってきた現場に、捜査の連携などあったものではない。さらに付け加えるなら、暴力団との癒着が多い捜査四課の汚染を一掃しようという、官僚たちの狙いもあった。

「新宿《しんじゅく》署も大変でしょう」

「うちはいつでも大変だよ」

そう言って笑う大迫に、椎葉も口元を緩め「そうでしたね」と頷いた。

歌舞伎町は日本のみならずアジア最大の、いや世界でも有数の歓楽街だ。わずか〇・三六キロ四方内におよそ三千七百もの歓楽遊興施設が密集し、毎日三十万人もの人が集まってくるといわれている。百近い暴力団事務所まで存在していて、風俗店の違法営業、薬物売買、売春、暴力団や国際犯罪組織による争いなど、多種多様化する犯罪は後を絶たない。

近年、新宿では中国人マフィアを筆頭に外国人組織の犯罪が激増しているが、東京入国管理局でも新宿に在留手続きを行わない違法滞在者摘発専門の出張所を設《もう》けるなどして、警視庁と連携して歌舞伎町対策に乗り出していた。

「本部に所轄、入管入り乱れで、毎日てんやわんやさ。お前んとこの特捜隊なんて、うちの署に入り浸ってるぞ」

警視庁の組対特捜隊は部長直属の遊撃部隊で、主に旅券やクレジットカードの偽造を捜査している。所轄署の応援も行う彼らにとって、一番馴染みがあるのが新宿署だろう。

「まあ、動き回ってへとへとになってるくらいが、俺にはちょうどいいみたいだ」

大迫は現場叩き上げの刑事だ。拳銃の押収や薬物の摘発などで実績を上げ、その優秀さを認められて本部の銃器薬物対策課へと転属になった。けれど実直すぎる性格が災いしてか、本部での特殊な仕事には耐えることができなかったのだ。

「お前のほうは大丈夫なのか？」

「なんとかやってます。一匹狼でいられるこの仕事が、俺には向いているようです」

椎葉の言葉に何を感じたのか、大迫が複雑そうな表情で黙り込む。

「……あんまり無理すんなよ。いざ何かあっても、上は面倒なんか見ちゃくれないぞ。トカゲの尻尾《しっぽ》切りだ。それだけは忘れるな」

「はい」

「……さっきのは、お前のエスの身内か？」

周囲に人影はないのに、大迫が声を潜めて言う。

「そんなようなものです」

「お前のエスは歌舞伎町の住人ってことか。……何か困ったことがあったら、いつでも声をかけてくれ。俺にできることがあったら協力させてもらうよ」

「ありがとうございます」

椎葉は「じゃあ」と会釈して大迫と別れた。歩きながら、さりげなく周囲に目を配らせる。新宿署の刑事とこんな場所で立ち話をしたのはまずかったが、遠目にはちゃらちゃらした男が、刑事に説教されていたふうにしか見えなかったはずだ。

すぐに通い慣れた雑居ビルに辿り着いた。この古びたビルの五階に安東の事務所がある。下降してくるエレベーターを待っていると、チンという軽快な音と共に扉が開いた。乗り込もうとして足を止める。中に人が立っていたからだ。

見たことのない大きな男だった。百七十六センチある椎葉より、軽く十センチ以上高いだろう。がっしりとした身体に黒いカシミアのコートをはおり、少し長めの前髪を軽く後ろに撫でつけている。彫りが深い男らしい風貌は、思わず視線を奪われてしまうほどに端整だ。だが瞳はひやりとするほど冷たげで、引き締められた唇に不遜なものが感じられる。

「――社長。もうよろしいのですか?」

背後から聞こえた声に驚いて、椎葉は後ろを振り返った。すぐそばにマオカラーの黒いスーツを着た男が立っていた。年齢は椎葉と同じくらいで、身長は少し高い。切れ長の細い目と後ろでひとくくりにした髪が印象的な男だった。まるで人の気配などしなかったのに、いつの間に近づいたのだろうか。

「ああ」

「車はもう表に回してあります」

エレベーターの中から降りてきた男は、入り口で待っている椎葉を見て口元をわずかに緩めた。

それがお愛想のための微笑みでないことくらいわかる。椎葉は無表情に男の脇を抜けた。すれ違う一瞬、ほのかに甘いフレグランスが鼻腔《びくう》をかすめる。

外に出た男が意味ありげに椎葉を振り返った。再び真正面から目が合う。視線を絡ませたまま、椎葉は閉ボタンを押した。扉がゆっくりと閉まり、ようやくふたりの視線が断ち切られる。

上昇する箱の中で、椎葉は我知らず溜め息をついていた。どうやら無意識のうちに緊張していたらしい。緊張していたということは、言い換えれば警戒心を持ったということだ。確かにあの男には言葉にはしがたい、一種独特の危険な空気があった。暴力団関係者とまではいわないが、普通の会社員ではないはずだ。

だが椎葉はそういう種類の人間には、これまで数知れず接触してきている。というより、この街ではまっとうな人間のほうが少ない。すれ違っただけの見知らぬ男に対し、どうしてこれほどまでに神経をぴりつかせているのか自分でも不思議だった。

五階でエレベーターを降りると、椎葉はすぐ目の前にあるドアを開けた。ドアには「マルイ興産」という小さなプレートが貼られている。室内に入ると週刊誌を眺めていた事務員の仁志祐美《にしゆみ》が挨拶をよこしてきた。

「あ、柴野さん。おはようございます。社長ならお部屋でお待ちですよ」

「ありがとう。祐美ちゃん、その服可愛いね。よく似合っている」

椎葉のお世辞に「えー本当に?」と祐美が顔を赤らめた。祐美は元々、安東の店で働いていたヘルス嬢だったが、そのわりにすれたところもなく、素直で可愛い性格をしている。見ていて気が安まるタイプの女性だった。安東の部下である仁志と結婚したのを機に風俗を辞め、半年ほど前からこの事務所で働いている。言わば安東ファミリーの一員だった。

もっとも事務員といっても、ここでは事務作業など行われていないので、実際は電話番程度の仕事しか任されていない。風俗店などを取りまとめている、ちゃんとした事務所は別の場所にある。ここは安東の地下活動の拠点だった。

安東がいる部屋のドアをノックする。返事を待たずドアを開けると、応接用のソファーに座っていた安東が腰を浮かせた。向かい側に座っていた仁志も立ち上がり、「お疲れさまです」と椎葉に頭を下げる。

「遅くなって悪かったな」

「いえ。それより、さっき俊樹が世話になったそうですね。すみませんでした」

言いながら安東が、ソファーに座るよう手で勧めてくる。椎葉は腰を下ろしてから「たいしたことじゃない」と答えた。

「幸い知り合いの刑事だったしな」

背広のポケットから煙草《たばこ》を取り出すと、安東がすかさず火を差し出してきた。顔を寄せてキャスターを深く吸い込む。ゆっくり紫煙を吐き出した後、椎葉は気になっていたことを切り出した。

「俊樹、新宿署に目をつけられてるんじゃないのか」

「さっきのは、偶然じゃなかったということですか？」

安東が険しい顔でカルティエのライターをもてあそぶ。

「なんとなく、そう思っただけだ。確信はないがな」

「……しばらくやばい仕事から手を引かせます。あいつ、頭の回転は速いけど、慎重さに欠けるところがありますから」

「そのほうがいい」

部下と上司の会話のように聞こえるが、年齢的には安東が三十一歳で椎葉より三歳年上だ。安東は表で韓国《かんこく》エステやソープなどの風俗店とゲーム店を経営し、裏では売春の斡旋《あっせん》や覚醒剤の密売などを手がけている。アンダーグラウンドな世界で成功を収めた若き実業家だった。物足りないくらいに大人しい性格の男だが、ずば抜けた商才がある。

安東には、広域系暴力団・高仁会《こうじんかい》の傘下《さんか》組織、松倉《まつくら》組の幹部というもうひとつの顔があった。といっても、安東は企業舎弟なので組の仕事は任されておらず、その商売の手腕を見込まれての幹部登用だった。安東もまた組の威光を利用して、自分の商売を上手く回している。安東のやっているような店は、バックに暴力団がいるのといないのとでは大違いなのだ。

裏の商売に精通した暴力団幹部。安東は理想的なエスだった。これ以上の人材は、そうそう探せはしないだろう。

「俊樹には当分、ブツを持たすな。いいか、仁志」

「わかりました」

仁志は安東にとって右腕的存在だ。肩書《かたがき》は専務ということになっているが、実際は会社運営にはあまり関わらず、裏の商売の実質的な采配《さいはい》を任されている。人当たりがよく、やり手営業マンのようなソフトな雰囲気を持っているが、常に用心深く周囲に目を光らせている男だった。

「そうだ。来月早々に大がかりな一斉取り締まりがあるぞ」

椎葉の言葉に安東と仁志が顔を見合わせた。

「またですか……」

「警視庁の組対と生安、それに入管の職員、合わせて五百人ほどが投入されるはずだ」

「店に注意するよう呼びかけておきます。いつもすみません。助かります」

安東が神妙な顔で頭を下げる。風俗店には不法就労の外国人女性たちもいるため、不意の一斉取り締まりは店にとってかなりの痛手となるのだ。

仁志が感心した様子で椎葉を見ていた。

「柴野さん、いつもどうやってそういう情報を入手されるんですか？」

まさか上司からリークされていると言えるはずもなかった。自分だけではなく、同じようにエスを運用している捜査員には、上からこういった極秘の情報が流れてくる。もちろん違法行為になるが、潜入捜査自体が非公式であるだけに監査の入りようがない。捜査員がエスにとって有益な情報を横流ししてやれば、信頼関係もまた強くなる。これもひとつの義理かけ行為だ。エスを上手く運用するためには、恩を着せたり弱みを握ったりして、常に心理的支配力を持ち続けなければならない。

「警察内部に知り合いがいるんだよ。前にも言ったろ。仕事柄、コネだけはたくさんあるからな」

「ですけど、そんな極秘情報までなんて、なかなか――」

「仁志」

安東が遮《さえぎ》る形で仁志の名前を呼んだ。

「今から各店舗を回って、店長たちに注意するよう指導してきてくれ。特に韓エスのほうは念入りな」

「わかりました」

仁志が頷き、素早く立ち上がった。ふたりきりになると、椎葉は煙草を揉み消しながら「すまないな」と呟いた。安東が「いえ」と小さく首を振る。

椎葉が刑事であることは安東しか知らない。安東は仁志や他のファミリーたちに椎葉のことを、昔、世話になった恩人で、本業はフリーのルポライターだと説明してあった。椎葉も他人に聞かれれば、風俗や裏社会のことを中心に記事を書いている、と適当な嘘をついていた。そのほうが気になる話を聞いた時に詮索《せんさく》しても怪《あや》しまれない。

たまに書いた記事を見せて欲しいとせがまれる時もあるが、そういう時は学生時代の友人でノンフィクション作家をやってる男の名前を出し、自分はこの男のゴーストライターだから、こいつが書いた本を読め、と適当なことを言っていた。当の友人が聞けば、きっと顔を真っ赤にして怒るに違いない。

たとえ信用の置ける仁志であっても、事実を教えるわけにはいかないのだ。小さなほころびは大きな穴を生む。刑事と結託していることが周囲にばれれば、安東もこの世界で生きてはいけなくなるだろう。

危ない橋を渡らせていることに、罪悪感を感じないわけではなかった。だがエスを運用した情報収集こそが、椎葉に課せられた仕事なのだ。余計な感傷に浸る暇があるなら、街のどこかに埋もれている凶器を探し出せ。そう自らを鼓舞《こぶ》するしかない。

警視庁組織犯罪対策部、組織犯罪対策第五課。通称、組対五課。椎葉はその組対五課に身を置く銃器専門の情報捜査員で、拳銃の密売情報を得る任務に就《つ》いている。

組対五課には薬物捜査班と銃器捜査班があり、後者は拳銃押収のみに専従する集団で、事件係と情報係のふたつのチームに分かれていた。椎葉が属する情報係は基本的に表舞台には出ず、捜査協力者を使った情報収集作業を受け持っている。

情報係はあくまでも影の存在だ。拳銃の隠し場所が特定されれば事件係に引き継ぎし、強制捜査に着手した後も容疑者の取り調べなどには一切参加しない。

生活安全部に銃器対策課が発足するまで、銃器捜査は暴力団を取り締まる捜査四課が担当していた。しかし銃器使用事件は年々増え続けているのに、拳銃の押収丁数は減少傾向にあり、警察庁は従来の捜査方法では拳銃の摘発は困難だと判断するようになった。そこで導入されたのが、『エス工作』と呼ばれる秘匿捜査だった。

暴力団などでそれなりの立場にあり、拳銃密売の情報を得ることのできる人間を取り込んで、捜査協力者『エス』、つまりスパイとして意のままに動かす――。まるで映画か何かのような現実味のない話だが、警視庁や各都道府県警本部の組対課では、実際にエスを運用した情報捜査が行われている。

だがまず、エスとなる協力者を作ること自体が、非常に困難な作業なのだ。警察官が暴力団関係者と裏切りのない信頼関係を築き上げる。そんなことが簡単にいかないのは、誰が考えても明らかである。凶悪な犯罪者を取り締まってきた刑事が、捜査の対象となるような人間たちと馴れ合わなくてはいけないのだ。まっとうな倫理観や警察官としての正義感を持っている人間には、かなりきつい仕事になる。

どうにかエスとして運用できる人間が見つかったとしても、裏切り者としてエスの身にいつ危険が及ぶかもしれない。また自分自身もエスと接触を繰り返すことで、時に違法な行為を犯さざるを得ない場面にも遭遇する。捜査員にかかる心理的負担は並大抵のものではなく、背負うべきリスクの大きさも計り知れないものだった。

「例の話、どうなった?」

本題に入った椎葉に、安東が「それなんですが」と表情を引き締める。

「どうやら売人《ばいにん》には間違いないようです。懐《ふところ》具合を確かめてきたんで、試しに現ナマ見せてやったら、食いついてきました」

安東が半年ほど前、表の仕事関係で知り合った男は日本在住の中国人だった。都内で貿易会社を経営していて、名前を林英和《リンヨンファ》という。酒の席で安東が池袋《いけぶくろ》のほうに小さなガンショップを持っていることを話したら、強い興味を示してきたらしい。ガンショップは人任せの小さな店だが、情報収集に役に立つときもあるのだ。

何度か会っているうちに、安東の店にも遊びに来るようになり、そのうち「本物の拳銃に興味はあるか?」と聞いてきたという。

「こっちから取引は持ちかけてないだろうな」

安東が「もちろんです」と即答する。建前上、捜査員や協力者が相手に犯罪を起こさせて摘発するおとり捜査は合法だ。麻薬物の譲り受けは厚生労働省の麻薬取締官に、拳銃の譲り受けは警察官や海上保安官に認められている。だが相手の犯意を少しでも誘発する形での交渉は、犯人を検挙してから後々で問題になる。特に拳銃の売買に関してはその要件の厳しさゆえ、実際には現場でおとり捜査が行われることはほとんどなかった。

「そっちがその気なら、何丁でも用意できるって言ってました」

ひょっとすると、大物ブローカーなのかもしれない。だとしたら、思わぬ拾いものだ。あとで上司の指示を仰がなくてはいけないが、すぐに押さえず泳がせろという命令が下りるだろう。

「もう少し接触を繰り返して、相手を油断させてくれないか。相手が焦《じ》れてすぐに交渉してこようとしても、なんとか引き延ばしてほしい」

「わかりました」

安東は優秀なエスだ。これまで安東の情報をもとに、何十丁もの拳銃と何百発もの実弾が押収されている。だが上層部は単なる押収だけでなく、販売ルートそのものの情報を手に入れたがっていて、このところはＣＤ捜査、つまりコントロールド・デリバリーと呼ばれるやり方で成果を上げようとしていた。

コントロールド・デリバリーとは薬物捜査などによく用いられる捜査手法のことで、その場で直ちに検挙せず、十分な監視の下で違法薬物の運搬を継続させ、受取人を特定する泳がせ捜査を意味している。末端の売人を逮捕しても、代わりはいくらでもいるのだ。供給源となる密売組織の全容と、関係のある暴力団などを割り出さないことには、いつまでたっても警察と犯罪者はイタチごっこを続けることになる。

しかしCD捜査の導入は、椎葉のような現場の捜査員にすれば今さらという感もあった。極端な実績至上主義のせいで、これまで自作自演による拳銃押収が全国の警察で何度も発覚してきた。上が下に摘発数だけを強いてきた当然の結果である。なかには自分のエスに拳銃を購入させ、所持者不明の銃として押収するというヤラセ事件もあった。

それらの不祥事を受けて、昨今、警視庁ではようやく現場に対し目先の一丁ではなく、密売組織そのものの壊滅に重点を置いた捜査方針を明確に打ち出してきた。もちろんそうはいっても、これまで通り押収数も強く求められている。拳銃を使った犯罪はいっこうに減らないのに、押収量は減少し続けているのだ。警察の威信に関わる由々《ゆゆ》しき問題である。

押収という目に見える形の成果を挙げながら、密売組織の全貌を探る。そんな矛盾《むじゅん》するふたつの要求を受けて、捜査員たちは日々苦労しつつ情報の収集に当たっているのだ。

しばらく打ち合わせをしてから、椎葉は頃合いを見計らって腰を上げた。これから他の情報屋とも会わなくてはいけないのだ。警察庁にエスとして登録しているのは安東だけだが、他にも裏の世界を知る何人かの男たちに小遣い程度の金を与え、情報を拾わせている。

安東が素早く立ち上がって椎葉のためにドアを開けた。いつものことなのに、そういう安東の態度には気まずさを感じてしまう。きっと従順さの陰に隠された安東の秘めた感情に、椎葉自身が気づいているからだ。

「……また来るよ。何かあったら連絡してくれ」

「はい。一斉取り締まりの情報、ありがとうございました」

並んで立つと安東のほうが背が高い。けれど上背があるわりに、圧迫感のようなものを感じさせない。寡黙《かもく》な人柄と穏和な風貌のせいだろうか。

不意にあの電話のことを思い出した。

『安東に気をつけろ――』

耳の奥で知らない男の声が、幻聴のようにこだまする。

「髪、伸びましたね」

安東の指先が、うなじのあたりをそっとかすめた。勢いよく振り返ると、安東が「すみません」と慌てて指を引っ込めた。自分の過剰な反応に内心で舌打ちする。

「……いや。そろそろ切らないとな」

「長いのも、よく似合いますよ。俺は今の髪型、好きです」

「そうか。じゃあ、もう少しこのままでいるよ」

微笑んだ椎葉に安東が少し目を見開く。表情の少ない椎葉が笑ったので、驚いているのだろう。

「なあ、安東。いつもお前には感謝しているんだ。いろいろ大変だと思うが、これまで通り、俺に協力してくれるか？」

突然そんなことを言われ、安東は戸惑ったようだった。だがすぐに「当たり前じゃないですか」と予想した通りの答えが返ってきた。

「俺は柴野さんのエスです。裏切ったり逃げ出したりしませんよ。安心してください」

安東の力強い言葉に頷いてから、縋《すが》るような目でもう一度念を押した。

「俺にはお前だけが頼りなんだよ」

安東が瞬《まばた》きもせずに椎葉を見つめていた。その瞳には隠しきれない、ある種の熱っぽい感情があふれている。やっと満足した椎葉は見送りはいいと告げ、ひとり部屋を出た。

通りに出て、雑踏の中に紛れ込む。一瞬の接触だったが安東の指先の温もりが、まだ首筋あたりに残っているようだった。嫌な溜め息が口からこぼれ落ちる。

馬鹿馬鹿しい。安東の気持ちが、ではない。今しがたの自分のくだらない茶番劇が、反吐《へど》が出るほど馬鹿らしかった。必要とあらば、他人の恋心まで利用できるのだ。

ふと、大迫に変わったと言われたことを思い出した。椎葉が『柴野』という、もうひとつの顔を持つようになってから二年以上がたつ。最初の頃はこの街にまるで馴染めず、すべてにおいて違和感と戸惑いを覚えていたのに、最近では自然に溶け込んでしまっている。今の椎葉を見てすぐに刑事だと推測できる人間はいないはずだ。刑事に見えないよう努力してきたのだから、そうでなくては困る。

けれど、この街に埋もれていけばいくほど激しい自己矛盾を感じ、いたたまれない思いが湧き上がってくる。刑事という姿を隠し、本来取り締まるべき対象と馴れ合い、信頼関係を築き上げていかなければならない仕事。やればやるほど神経がすり減り、心の一部が麻痺していくようだ。大迫のように早い時期にリタイアしたほうが、自分のためだったのかもしれなかった。

わかっていても、それでも続けているのはなぜなのか。正義感と答えるほど、椎葉は青くもなければ真っ直ぐでもない。むしろ、そういう人間には向かない仕事だ。ひとつの犯罪情報を得るため、他の犯罪が目の前で行われていても見て見ぬふりをする。そんなことが日常茶飯事の世界なのだから。

結局は今さら引くに引けないという、馬鹿げた意地のようなものなのかもしれなかった。

## 2

翌日の昼頃、自宅を出た椎葉《しいば》が向かった先は、渋谷《しぶや》にあるマンションだった。三階までテナントになっているその建物の一室が、椎葉の属する松田《まつだ》班の活動拠点となっている。週に一度、班長の松田主任を始め七名の捜査員は、打ち合わせや活動報告のため、この場所に集合してくるのだ。

情報係の捜査員は身分を隠して潜入捜査を行っているので、事前の許可がない限り警察施設への立ち入りを一切禁じられている。椎葉も今の仕事に就いてから、桜田門《さくらだもん》に足を向けたことはほとんどなかった。

組対五課の情報係はいくつかの班に分かれていて、ある班は船舶港湾関係に、ある班は輸入業者に、そしてある班は海外商品のブローカーにと、拳銃の情報が得やすい組織へそれぞれ潜入しているのだ。松田班のターゲットは言うまでもなく、暴力団関係者たちである。

その日は班員七名に加え、情報係を統括している浅田《あさだ》管理官と高崎《たかさき》係長の姿もあった。高崎係長は月に一度ほど顔を出して捜査員に具体的な指示を出しているが、キャリアの浅田管理官が現場にやってくるのは非常に珍しいことだ。

全員が入手した情報や内偵《ないてい》の進展状況などを報告した後、上からの連絡事項や捜査の指示を受ける。高崎係長からは先日起きた暴力団員同士の発砲事件が、組織間の抗争に発展する恐れがあるとして、武器庫の情報入手や密売ルートの解明に、いっそう尽力《じんりょく》するようにとの檄《げき》が飛んだ。

部屋の中には事務机があり、必要のある者はそこで報告書を作成する。椎葉も他の捜査員と同じように、机の引き出しから接触報告書を取り出した。安東《あんどう》や他の協力者との接触時間や接触場所、そこで得た情報のあらましなどを書き終え、ソファーに座っていた松田主任に提出すると、隣にいた浅田管理官に呼び止められた。

「椎葉さん。ちょっといいですか」

「はい、なんでしょうか」

足を止め、座ったままの浅田管理官に向き直る。椎葉のほうが年齢は上だが、椎葉は巡査部長で浅田管理官は警視。階級的に見れば、その立場には天と地ほどの差がある。

「昨日、篠塚《しのづか》参事官と食事をご一緒させていただいたんですけどね。参事官、椎葉さんのこと、気にかけておられましたよ。いつ電話しても繋がらないって、ひどく心配されてましたから、椎葉さんのほうから一度、ご連絡差し上げてみてはいかがですか?」

それが親切心からのアドバイスでないことくらい、椎葉にもわかっていた。椎葉の口から自分の名前が挙がれば、先輩キャリアに好印象を与えられる。おおかた、そんな下心でもあるのだろう。キャリアは自分の出世にしか興味がないものだ。

「お気づかい、恐れ入ります。早速、今日にでも電話してみます」

形だけの返事をすると浅田管理官は満足げに頷き、もう用は済んだと言わんばかりに高崎係長を従え本部へと帰っていった。

「身内に官僚がいると、いろいろ得だよな」

ひとりの捜査員の小さな呟きが、口火を切る形となった。

「まったくだ。……なあ、椎葉。ひょっとしてお前だけ特別に、捜査費を多くもらってるんじゃないのか？」

「それ、ありそうな話だよな。安東があんなによく働くのは、謝礼をがっぽりもらってるからだったりしてなぁ」

笑いながらかわす冗談のような会話にも、隠しきれない妬みが滲み出ている。実際のところ、椎葉は安東に一円も支払っていない。エスには情報提供料や協力謝礼などの名目で金を支払うことができるのだが、安東は一度も金を受け取ったことがなかった。しかしそのことを言えば、またいらぬ反感を買う。

こういうことは今に始まったことではないので、椎葉は表情も変えずに「お先に失礼します」と頭を下げ、ひとり部屋を出た。

同僚たちの嫌みには慣れている。警察は体育会系の体質が色濃い世界だ。先輩の言うことは絶対という風潮がある。お世辞のひとつも言えず、愛想笑いもできない不器用な性格の椎葉が、目上の刑事たちから可愛がられるはずもなかった。

おまけに椎葉は組対五課の捜査員の中では一番若い。下っ端《したっぱ》の椎葉が拳銃押収に繋がる有益情報を一番多く入手してくるのだから、風当たりがきついのは当然だ。

けれど椎葉が他の刑事たちから反感を買う一番の理由は、警察内における椎葉のある種の特別待遇にあった。これればかりは椎葉自身にも、どうすることもできない。

地方公務員として警察官に採用された椎葉は、警察学校卒業後、所轄署の本富士《もとふじ》署に配属された。地域課の交番勤務を経て二十五歳で刑事になったが、その年で刑事というのは、通常ではあり得ない出世なのだ。

刑事になるにはまず、年に一度だけ行われる捜査専科講習を受けなくてはならない。受講には刑事課長と署長の推薦が必要だが、ひとつの署で署長推薦を受けることができるのは一名か二名。何年も推薦待ちをしている警察官が多い中、この推薦を受けるだけでも相当に大変なことだ。

やっと推薦を受けても講習の定員は四、五十名ほどなので、都内全百一の所轄署から集まってきた百数十名の警察官たちは、選抜試験によってさらに半数近くが振り落とされる。これらの難関を突破しなくてはいけないのだから、どんなに優秀な警察官でも、刑事になれるのは早くて二十代後半から三十代前半になってしまうのだ。

慣例を押しのけ異例の若さで刑事になった椎葉は、一年後には警視庁へ異動になっている。本部の刑事はノンキャリアの中のエリートで、一説ではその競争率は数百倍ともいわれていた。弱冠《じゃっかん》二十六歳で本部の刑事とくれば、「椎葉は贔屓《ひいき》されている」と周囲が邪推するのも無理のないことだった。特別扱いを疑われるだけの理由があるので尚更だ。

椎葉には義理の兄がいる。姉の夫に当たる人物だが、その姉は六年前に亡くなっているので、今となっては名ばかりの義兄だ。それでも姻族《いんぞく》関係にあることには違いない。

義兄の名は篠塚英之《ひでゆき》。三十六歳になるキャリア官僚で、階級は警視正。現在は警視庁公安部の参事官というポストに就《つ》いている。

警察というある種、独特の閉鎖的な狭い組織の中で、椎葉は時々、自分の後ろに大きすぎる義兄の存在を感じては、どうしようもない息苦しさと閉塞感に襲われてしまう。周囲からの好奇の目、妬み、反発。自分がどう足掻《あが》いても、キャリア官僚の義弟という肩書はずっとついて回るのだろう。

けれど椎葉が周囲から浮いてしまう要因は、なにも義兄の存在だけがすべての理由ではなかった。椎葉自身の経歴が、他の警察官たちのそれとあまりにも違いすぎるのだ。

椎葉は大学四年の時に、難関中の難関、国家公務員採用I種試験に合格して、一度は警察庁の内定をもらいながらもそれを辞退している。そしてその後、地方公務員試験を受け直し、ノンキャリアの警察官として採用されたという変わり種なのだ。

つまり椎葉はキャリア官僚として、警察機構という巨大なヒエラルキーの頂点に立つことより、一兵卒にすぎない警察官として現場を駆けずり回ることを選んだのだ。愚行と笑われても反論はできなかった。その経歴を知る者たちが陰で自分のことを、揶揄《やゆ》と嫌みを込めて『東大卒のノンキャリア』と呼んでいることは、椎葉自身もよく知っている。気にしないようにしているが、どこに行っても周囲から浮いてしまうのは事実だ。

廊下でエレベーターがくるのを待っていたら、背後から声をかけられた。振り返ると、さっきまで同じ部屋にいた竹原《たけはら》が立っていた。

竹原は松田班では一番年上の刑事だ。まだ五十歳になるかならないかだが、頭には白いものが目立ち、目尻には深い皺《しわ》が刻まれている。穏和な性格で面倒見がよく、みんなから「竹さん」と呼ばれ慕われている存在だった。

「さっきの、あんまり気にするな。みんな、お前が毎回きっちり情報を持ってくるから、ひがんでるんだよ」

「別に気にしてません」

素っ気なく答えてから、少しだけ後悔した。竹原は自分のことを心配して、追いかけてきてくれたのかもしれないのだ。

けれど竹原は椎葉の生意気な態度など、気にはしていないようだった。

「なら、いいんだけどな。お前もあんまり頑張りすぎるなよ。仕事をやりすぎて首になるデカはいても、仕事をしないから辞めさせられるデカはいないって言うだろ?」

にこやかな顔で言われて思わず苦笑する。確かにその通りだ。

「安東が接触してる中国人、当たりだといいな」

「はい。俺も慎重に接近してみるつもりです」

上がってきたエレベーターにふたりで乗り込む。竹原が「なあ、椎葉」と穏やかな声で話しかけてきた。

「安東は優秀なエスだ。お前のためによく頑張ってる。だからお前も安東の面倒はとことん見てやれよ。エスの身を守ってやるのも俺たちの大事な仕事だからな。弱みにつけ込んでエスを運用する奴もいるが、そういう関係はもろい。金も同じだ。いつ裏切られるかわからん。それより大事にしてやればいいんだ。信頼して、信頼される。それが一番だ」

長年、エスを運用してきたベテラン情報捜査員の言葉だけに、ずっしりとした重みがある。自分のエスが組織から狙われた時、竹原が拳銃を持ってエスの家に泊まり込み、そのエスを守りきったという噂を、椎葉も耳にしたことがあった。

エレベーターが一階に着いた。ドアが開く直前、竹原が再び「なあ、椎葉」と言った。

「エスってのは、自分の女と一緒だ」

「女、ですか?」

「そうだ。相手は犯罪者かもしれないが、自分が属する世界を敵に回しても、俺たちに尽くしてくれるんだ。お前、可愛いとは思わんか?」

竹原の言うことはわかる。椎葉にしても、安東のことは大事に思っている。今やなくてはならない存在だ。しかし、そんなふうに入れ込んだり特別な情を持つのは、危険ではないだろうか。信頼関係は確かに必要だが、エスはあくまでも自分の飼い犬のようなもの。それくらいに考えておかないと神経が保《も》たない。

「……俺にとってもエスは大切なパートナーです。でもそれは、お互いの利害関係が一致した結果でしかない。俺は情報を手に入れ、向こうは警察から特別扱いを受ける。何も無償で尽くしてもらっているわけじゃない」

言ってから、自分の言葉に否応《いやおう》もなく気づかされてしまう。安東から一方的に注がれる想いがたまらなく重苦しいのだ。心の底で引け目のようなものさえ感じている。だからエスとの必要以上の強い絆《きずな》を否定したがっている。

「それに何か問題が起これば、上は簡単にエスを切れと言うでしょう」

「だからビジネスライクなつき合いしかしたくない。お前はそう思っているのか？」

やんわりと切り返され、返答に詰まった。

「上がどう言っても、エスを守るのも俺たちの仕事のうちだ。……いや、仕事というのは、ちょっと違うかもな。立場の問題じゃなくて、要は人間関係の話さ。若いお前にはまだわからんかもしれん。だがな、椎葉。これだけは覚えておけよ。エスを持つってことは、警察人生を賭けるってことだ」

お前には覚悟が足りない。竹原はそう言っているのだろうか。自分では生半可《なまはんか》な気持ちで捜査しているつもりはないが、ベテラン捜査員の竹原からすれば、椎葉などまだまだ尻の青い、頼りないひよっこにしか見えないのだろう。

竹原と別れた後、椎葉は山手線《やまのてせん》で池袋へと向かった。池袋駅の東口に出て、人の多いサンシャイン通りを抜ける。

椎葉が立ち寄ったのは首都高池袋線の高架下近くにある、一軒の小さなガンショップだった。看板には『ガンショップ・アヴィス』と書かれている。安東の経営する店だった。

ガラス戸を開けると、店の経営を任されている店長の堀部《ほりべ》が「お！」と声を上げた。堀部は三十代半ばの顎鬚《あごひげ》を生やした大男で、無類のガンマニアでもある。

「柴野《しばの》さん、久しぶりじゃないの。ちゃんと生きてたんだ。てっきり東京湾あたりに沈んでるのかと思ったよ」

「勝手に殺さないでくれよ」

ショーケースの中に飾られたコルト・ガバメントを眺めるふりをして、椎葉は店内に視線を巡らせた。学生らしき青年がふたりいるだけで閑散としたものだった。

「そこらへんに座れば？　ゆっくりしていきなよ」

カウンターの中に座る堀部の手には、分解されたモデルガンのパーツがある。二年ほど前に安東が買い取ったこの店は、モデルガンなどを扱うトイガンの販売専門店だが、自分の趣味を兼ねて堀部は修理も請け負っていた。

椎葉は堀部の隣に腰かけ、すぐそばにあるノートパソコンの画面を覗き込んだ。この店のホームページが開かれている。掲示板と呼ばれる誰もが記事を書き込めるページを開いてみると、あのメーカーのこの銃はどうだとか、木製グリップをつけたいがどこで入手できるか、などといったモデルガンに関する話題だけで埋め尽くされていた。

「相変わらず流行《はや》ってない店だな」

「いつも言ってるでしょ。うちみたいなモデルガンがメインの店は、どこも暇なの。最近の若い子はサバゲにしか興味ないからね。商売っ気を出すなら、もっと電動ガンとかエアガンとか扱ったほうがいいんだろうけど、安東社長が別に儲けなくてもいいって言うしさ。まあ赤字が出ない程度に、好きにやらせてもらってるよ」

サバゲとはBB弾というオモチャの弾を撃ち合うサバイバルゲームのことだ。最近はそういう撃てる種類のトイガンのほうが人気があり、モデルガンの人気は下火になっているらしい。だが内部機構の再現などの精巧さにおいてはモデルガンのほうが優れている。だから頑《かたく》なにモデルガンを支持するコレクターたちも少なくはないのだ。

「最近はどうだ？」

椎葉が尋ねたのは商売の動向ではなく、もうひとつの動きだった。

「俺が知る範囲じゃ、やばい話は聞かないよ」

堀部はトイガン関係の雑誌に記事なども書いていた。それにホームページでも銃に関するいろんな蘊蓄《うんちく》を披露しているので、ガンマニアのファンを持っている。以前、インターネット内でマニアたちに本物の拳銃の売買を斡旋《あっせん》しようとした男がいたが、堀部がいち早く椎葉に知らせてくれたおかげで、組対五課の事件係が素早く対処し、犯罪を未然に防ぐことができた。

他にも、友達が本物の拳銃を持っているみたいだがどうしたらいいのか、というメールを堀部に送ってきた学生がいて、これも椎葉が説得にあたり、持ち主の学生に拳銃を提出させ自首免除措置《そち》となった。

以前は拳銃といえば暴力団の専売特許だったが、最近ではインターネットの普及などもあり、一般市民であるガンマニアがうっかり売買に手を染めてしまうことも多い。堀部の下にはそういう情報が転がり込んでくるので、椎葉は時々この店に顔を出すようにしていた。

堀部は安東に雇われているが、あくまでも普通の従業員であってファミリーではない。だから椎葉も自分の身分を名乗って接していた。堀部自身、ガンマニアたちが本物の拳銃に手を伸ばすことをひどく嫌っているので、情報提供に関してはいつでも協力的だった。

「たまに、どこで本物の拳銃が買えますか、なんて問い合わせてくる馬鹿はいるけどな」

そうか、と頷いて手持ち無沙汰にマウスを動かす。適当にクリックすると、取扱商品の画像が出てきた。どこかルガーやP38を思わせるデザインのモデルガンの上には、『マルシン・南部《なんぶ》十四式MAXI・後期モデルHW』と書かれている。

「これ、前に実物を見たな」

椎葉の言葉に堀部が「へぇ」と片方の眉毛を上げた。

「どっかの蔵から出てきたとか?」

「そんなところだ。所轄の生安課にいた頃、家に拳銃があるって通報があってな。慌てて駆けつけてみると、納戸《なんど》からこれが出てきたんだ。かなり錆《さ》びついていたけど」

堀部が「そりゃそうだろな」と笑う。

「南部十四式は旧日本陸軍で使われたセミオートハンドガンだもん。おおかた戦争に行った爺《じい》さんあたりが持ち帰って、そのままになってたんだろう？」

「ああ。当の本人はとっくに亡くなっていて、そんなものが家にあるなんて、誰も知らなかったらしい」

そういう場合、届け出た家族にはなんのお咎《とが》めもない。平成七年の銃刀法改正で、自首免除措置という制度ができたからだ。事が発覚する前に警察に拳銃を提出すれば、その刑は減刑、または免除される。

「うわ、これ六研《ろっけん》のコルト・ガバメント70シリーズじゃん」

「すげぇ。渋いよなぁ」

学生ふたりがカウンター横のショーケースを覗き込みながら騒いでいる。

「いいだろう。お前らもひとつどうだ？」

堀部が話しかけると学生のひとりが振り返って、「店長、むちゃ言わないでよー」と顔をしかめた。

「十何万もするモデルガン、買えるわけないでしょう」

「でもいいよなぁ。やっぱ違うよ。かっこいい」

堀部が「完全予約制だぞ」と笑った。

「欲しくなったら早めに言えよ」

「だから無理だって」

学生たちはひとしきり物欲しげにショーケースを眺めてから帰っていった。椎葉は彼らの背中を複雑な気分で見送った。

「怖い顔してるよ」

「え？」

堀部は分解したシリンダーを作業台の上に置くと、指先で椎葉の額を指して「眉間《みけん》にシワ」と笑った。

「柴野さんはガキの頃にオモチャの鉄砲持って、友達と撃ち合いの真似事なんかしなかった？バーンバーンとか口で言っちゃってさ」

「したかもな。アクションヒーローが持ってるようなピストルのオモチャ、親に買ってもらった覚えがある」

「はは。やっぱあるんだ。男はいつまでたってもガキなんだよね。拳銃ってダンディズムの象徴みたいなもんでさ。理屈じゃなく、見るとかっこいーと思っちゃうの」

言外に堀部の言いたいことを感じ取り、椎葉は苦笑した。わかっているのだ。モデルガンを愛好する人間は何も犯罪者じゃない。彼らは武器としての拳銃を求めているのではなく、あくまでも限りなく本物に近いそれを、ただ眺めて所有することに満足感を覚えるのだ。しかし所有欲が高じて、本物に手を出してしまう者がいることも事実だった。統計によると平成十四年には暴力団以外の者からの拳銃押収丁数が、暴力団からの押収丁数を上回ってしまっている。

椎葉はすぐ目の前に転がっていた、ベレッタの黒い銃身を指先でそっと撫でた。ひんやりとした鉄の冷たい感触が伝わってくる。独特のフォルム。不思議な存在感。魅了されるマニアの気持ちが、まるでわからないわけではなかった。

だが拳銃はオモチャではない。指先ひとつで人の命を奪うことができる、殺傷能力の高い危険な武器なのだ。急所を狙って放たれた一発の弾丸は、確実に命を食い殺す。ほんの瞬《まばた》きするほどの一瞬で。

椎葉の脳裏に禍々《まがまが》しい記憶が蘇る。小さな鉛玉《なまりだま》によって失われた愛しい存在。拳銃など、この世からなくなってしまえばいい——。

今の椎葉にとって揺るぎない確固たる思いといえば、ただそれだけだった。

店の駐車場に車を駐《と》めて店の暖簾《のれん》をくぐると、愛想のいい店員が椎葉と安東を個室へ案内してくれた。安東とよく立ち寄る、南青山《みなみあおやま》にある馴染みの料理屋だった。

ひととおり料理を注文してから、椎葉は安東を問《と》い質《ただ》した。

「どうかしたのか？」

安東の車に乗ってすぐ、彼の様子がおかしいことに気づいた。しきりに後続車や隣の車線を走る車に目をやっている。さっき車から降りる時も、店に入る時も、やたらと周囲を気にしていた。

「いえ、別に」

「何かあったんだろう。落ち着きがない。お前らしくないじゃないか」

安東は少し迷っているふうだったが、しばらくすると「実は」と話し始めた。

「最近、どうもつけられているような気がしまして」

「なんだって？　相手は？」

「……わかりません」

一瞬、薬物事犯で動いている警察関係者かと思った。だが安東は椎葉の手によって薬物事件の捜査中登録がなされている。警察の尾行がつくことは考えられなかった。

薬物犯罪は密売組織などが広域化していることが多く、どうしても各県警が競合しやすいので、薬物事件の被疑者を検挙、または捜査する場合には、コード化されたYカードと呼ばれるものを電算入力して、事前に警察庁に報告を行うことになっていた。捜査が競合した場合、それらの資料をもとに調整されるのだ。

仮に安東に目をつけた警察官がいたとしても、端末を叩けば警視庁の組対五課がすでに捜査中であることはすぐにわかるはずだ。たとえ他の県警であっても先に登録した警察に断りもなく、勝手に捜査などできないことになっている。つまりこのシステムを裏技的に利用すれば、自分のエスを他の警察から守ることができるというわけだ。

警察でないなら、可能性として考えられるのは安東の組と対抗している暴力団関係者か、もしくは麻薬取締官くらいのものだった。だが企業舎弟の安東が暴力団組織に目をつけられることは考えにくい。

「まさか、麻取《マトリ》じゃないだろうな」

椎葉が指摘すると、安東がかすかに戸惑った表情を見せた。麻薬取締官は、麻薬取締部に属する特別司法警察員だ。麻薬取締部は厚生労働省の管轄《かんかつ》下にあり、警察とは別に独自で薬物犯罪を取り締まっている。もし安東を尾行しているのが麻取なら面倒だった。厚生労働省と警察は情報を共有していないため、捜査中登録など意味がないのだ。

「……なあ、安東。もうヤクからは手を引けよ。販売ルートを捨てるのが惜しいなら、誰か下の者にでも譲って、マージンだけ取ればいいだろう」

安東は何も言わない。どうすればいいのか考えているのだろう。

「とりあえずブツは全部安全な場所に移動させて、しばらく売人には卸《おろ》すな。いいか」

「わかりました。そうします」

椎葉は念を押すように安東の目を見た。

「絶対だぞ。約束してくれ。……もしも相手が麻取なら、お前を守ってやれなくなる」

安東が頷いた時、「お待たせしました」と声がして襖《ふすま》が開いた。店員が料理を運び込んでくる。

結局、話はそれきりになった。

食事をしながらふたりは、中国人貿易商の林英和《リンヨンファ》について話し合った。

「林と昨日、会ったんだろう？　どんな感じだった」

今、椎葉が一番に欲しいのは林に関する情報だ。

「林は明日から中国に帰国するらしく、戻ってくるのは来月の十日くらいだと言ってました。柴野さんのことは拳銃に興味のある友人がいると、それとなく紹介しておきました。親の莫大な遺産を継いで、金を持てあましているお坊ちゃんだと説明したら、かなり興味を持ったようです。それと会った時に、いいものを見せてやるって林が拳銃を出してきたんです。トカレフだったんですが、どうも奇妙で……」

「奇妙？　どういうふうに奇妙だったんだ」

「刻印がなかったんです」

「刻印がない？　削《けず》ったんじゃなくて？」

「ええ。最初から打たれていませんでした。密造拳銃かって聞いたら、林は真性の中国製トカレフだと言ってましたが」

通常、拳銃には製造業者やシリアル番号などを示す刻印が打たれている。日本で押収されるトカレフなどは製造国が特定できないよう、その刻印が削り取られているものが多いが、最初から刻印のないものは珍しかった。

「トカレフが好きじゃないならマカロフも用意できるし、大量に欲しいなら相談に乗る。そんなことも言ってました」

一度、林とは直に話がしたい。おそらく背後に大がかりな密売組織が存在するはずだ。

「林が日本に戻り次第、お前の紹介という形で会わせてくれ」

安東はすぐに頷かなかった。それに表情が少し険しい。

「どうした？」

「……できれば会わないほうがいいかもしれません。あの男はちょっと特殊な趣味の持ち主みたいですから」

「特殊な趣味？　どういう意味だ」

安東は歯切れの悪い口調で説明し始めた。

「頼まれて女を紹介したんですが、林にはサドの気があるようで、相手をした女の子がひどい目に遭わされたんです。うちの大事な商売道具に困りますよと、やんわり注意したんですが、次は男を世話しろと……」

「男？」

「ええ。なるべく若い、きれいな男がいいって。どうもあいつ、本当は女より男のほうが好きみたいです。柴野さんのような人を見て、林がどう思うか……」

安東は、林が椎葉によからぬ欲望を抱くのではないかと心配しているのだ。親切心からの忠告だとわかっていても、どうしても椎葉の意識は穿《うが》った方向にまで及んでしまう。

安東は決して馬鹿げた嫉妬から言っているのではない。ただ自分を心配しているだけだ。けれどわざわざそう言い聞かせること自体が、安東の気持ちを過剰に感じている証拠だった。

「心配するな。お前も一緒なら大丈夫さ」

気詰まりな空気を払いのけるように、軽い口調で告げる。安東は納得できないような顔をしていたが、それ以上は何も言わなかった。

食事が終わると、コーヒーが運ばれてきた。カップに口をつけながら、椎葉は「もうすぐだな」と安東に話しかけた。

「何がですか？」

「香織《かおり》さんの命日。墓参りに行く時は、俺も連れていってくれないか？」

椎葉の言葉に安東が頷いた。

「……今年も覚えていてくれたんですね。ありがとうございます」

「礼なんか言うなよ。当たり前のことだ」

香織のことを思い出すと、今でもやりきれなくなる。もっと自分が注意してやっていれば、という苦い後悔が湧いてくるのだ。

安東には香織という四歳年下の妹がいた。普通の企業に勤める会社員だった香織は、当時、マンションでひとり暮らしをしていたのだが、悪質なストーカー被害に遭っていた。被害相談を本富士署に届け出たことから、椎葉とは顔馴染みになった。椎葉が制服警官から、私服の刑事になりたての頃の話だ。

ストーカー行為を繰り返していたのは、以前香織と交際していた都内に住む二十九歳の会社員で、本富士署では男に対し警告を行うなどの対策を講じていた。一旦はストーカー行為は止まり、もう心配はないように思われたが、ある日突然、香織は部屋に押し入ってきたその男に絞殺《こうさつ》されてしまった。警察に届け出たことを恨んでの卑劣な犯行だった。

香織のマンションに見回りに出向いた時、安東とは何度か顔を合わせたことがあった。妹を心配してやってきていた実直そうな男が、まさか歌舞伎町で風俗店を経営し、暴力団とも繋がりがあるとは思いもしなかった。

香織が死んだ後、椎葉は安東に何度も頭を下げた。守りきれなかったことを、ただ詫《わ》びるしかできなかったのだ。

香織が亡くなって一か月が過ぎた頃、唐突に安東が椎葉個人に「チャカを隠し持ってる男がいる」と知らせてきた。捜査の結果、安東の言葉通り、古物商《こぶつしょう》を営む男の家から四丁の拳銃と百二十発の実弾が押収された。その頃、署には銃器対策課の設置が決まっていて、大手柄を挙げた椎葉は生活安全課から銃器対策課に異動となった。

捜査中に安東の裏の素性を知った上司たちは、情報屋として使えると判断したらしい。椎葉に安東を使ってもっと情報を引き出せという命令が下った。以来三年近く、安東はエスとしてずっと椎葉のパートナーであり続けている。

「安東。ひとつ聞いてもいいか」

「なんですか?」

「香織さんが死んだ後、お前はどうして俺に情報を持ってきたんだ」

安東が当時のことを思い出すように、目を細める。

「……柴野さんは香織のことを本気で心配してくれた。あいつが死んだ時も俺と一緒に泣いてくれました。香織が言ってたんです。すごく頼もしい刑事さんが相談に乗ってくれているから、心配しないでいいと。以前、他の署に相談したら全然相手にされなかったそうです。柴野さんがちゃんと対応してくれて、何度も家まで来てくれて、本当に嬉しそうだった。……俺も同じだったんです。柴野さんに会えて嬉しかった」

本当は感謝の気持ちだけじゃないんだろう？　そう本心を聞いてみたい気もしたが、できなかった。恋愛感情を告げられたところで、椎葉には対処のしようがない。

「それにこんな言い方は失礼かもしれませんが、俺と柴野さんは似たもの同士じゃありませんか」

「似たもの同士……？」

「はい。俺と同じで柴野さんも両親を亡くしていて、お姉さんだけが残された唯一の家族だったでしょう。なのに、そのたったひとりの人まで殺されてしまった」

安東には姉が亡くなった経緯《いきさつ》を話してある。確か香織の葬儀が終わった後、ふたりで飲んでいる時に、何かの弾みで言ってしまったのだ。自分とよく似た不幸を背負うことになった安東を、少しでも慰めたかったのかもしれない。

「……きっと椎葉さんと俺は、同じ痛みを知っている」

普段、柴野としか呼ばない安東が、椎葉の本名を口にした。意図はないのだろうが、そのことが椎葉の感情を小さく乱す。

テーブルの上にあった煙草の箱を持つと、連動するように安東も椎葉のライターに手を伸ばした。安東は火をつけずに、そのままライターを差し出してきた。受け取ろうとして開いた手のひらに、銀色のデュポンがそっと落ちてくる。

次の瞬間、思いもしないことが起こった。安東がライターごと椎葉の手を掴んできたのだ。握られた手が熱かった。触れ合った場所から生まれた熱は、次第に手から身体へと伝播《でんぱ》していく。胸の奥深くまで侵食されるような錯覚を覚え、椎葉は焦りにも似た強い不安を募らせた。

「安東……」

かすれた声で懇願するように名前を呼ぶと、安東は無表情のまま手を離した。狭い部屋の中は、言葉にしがたい濃密な空気で満たされている。

息苦しさに耐えきれず椎葉が言葉を発しようとした時、安東が立ち上がった。

「行きましょうか」

何もなかったような態度にホッとしながらも、椎葉は自分を驚かせた安東に強く腹を立てていた。けれど裏を返せば椎葉の怒りは怯《おび》えの表れに他ならない。たかが手を握られただけで、これほど狼狽《うろた》えてしまう自分。もし安東が本気で自分に迫ってきたら、どうするつもりなのだろうか。安東の従順さに安心し、すっかり野犬を手懐《てなず》けた気でいた。しかし、実際は安東の気持ちひとつでどうにでもなる危うい関係だということを、あらためて思い知らされた気がする。

重い気分で襖を開けて廊下に出ると、少し向こうにやけに目を引く長身の男が立っていた。椎葉の足がぴたりと止まる。

男も椎葉に気づいたのか、目を合わせたままで、意味ありげに唇の端をつり上げた。

安東の事務所ですれ違った、あの男だった。今夜はシンプルな三つ揃いのスーツを着ていて、ごく普通の会社員のような印象だが、それでも見る者の視線を自然と引きつける強烈な存在感は健在だ。

「宗近《むねちか》さんじゃないですか」

安東が男に向かって軽く手を上げた。

「これからお食事ですか？」

「ああ。鹿目《かなめ》にいい店があるって連れてこられてな」

「そうですか。……鹿目さんも、お疲れさまです」

男の後ろに控えている細身の青年に向かって、安東は軽く頭を下げた。黒いマオカラーのスーツを着ていた男だ。今日はグレイのマオカラーを着用している。

「ご無沙汰しております。安東社長もお元気そうで何よりです」

鹿目と呼ばれた青年がそつのない返事をよこしてくる。一見、男の部下か秘書という雰囲気だった。

「社長、私は先に行っておりますので」

「ああ。すぐに行く」

鹿目は一礼すると、その場を立ち去った。

「……先日はわざわざ事務所まで来ていただいて、すみませんでした」

いいさ、と宗近が薄く笑う。あの時、男は安東のところにやってきていたのだ。

「何かあったら遠慮しないで、いつでも相談しに来いよ。いいな？」

「はい。ありがとうございます」

椎葉を待たせていることを気にしてか、安東は早々に話を打ち切った。歩き始めた安東の後に続き、椎葉も頭を下げて宗近の脇を通り過ぎる。だが不意に後ろから腕を掴まれ、引き留められた。

「安東に気をつけろ」

耳元で小さく囁かれ、椎葉は瞠目《どうもく》した。この言葉。それにこの声。まさか、と思った。

――こいつはあの正体不明の電話の男なのか。

椎葉が何か言おうと口を開けた時、宗近は素早く腕を離し歩きだした。後ろ姿をにらみつけていると、先を歩いていた安東が訝《いぶか》しそうに振り返った。

「柴野さん？　どうかしましたか」

いや、と答えて、安東の隣に並ぶ。会計を済ませて車に乗り込んでから、椎葉は安東に尋ねた。

「さっきの男はどういう人間なんだ」

「宗近さんですか？　あの人はうちの組の若頭補佐《わかがしらほさ》ですよ」

安東が車を駐車場から出しながら答える。やっぱりヤクザか、と椎葉は納得した。

「でも企業舎弟だから、俺と同じように極道の下積みはないはずです。とはいっても、組の中じゃかなり力を持ってますけどね」

安東と同じ組に属するヤクザが、どうして自分に接触してくるのだろうか。しかもわけのわからない忠告まで一緒だ。

「宗近さんは俺の高校の先輩なんです。昔はふたりでつるんで馬鹿なこともやってました。香織が亡くなる一年くらい前に、偶然、歌舞伎町でばったり再会して、またつき合うようになったんですよ。俺を松倉《まつくら》組に誘ってくれたのもあの人です。昔はあちこちのヤクザにみかじめ料払ってましたが、歌舞伎町でずっと商売していくんだったら、バックに決まった組織をつけておいたらどうだって言われて」

歌舞伎町には厳密な意味での『シマ』というものが存在しない。それゆえ、みかじめ料と呼ばれる挨拶料や用心棒代などの支払い先は、時として複数に及んでしまうこともあった。経営者本人が暴力団関係者なら、何かと商売もやりやすくなる。

「……あの人、先代組長の愛人の子供なんですよ」

「じゃあ、いずれ組を継ぐのか？」

「いえ。今は先代の正妻の息子が組長を務めてますから、それを押しのけて組長の座に就く気はないようです。ただ今の組長はまだ若いし、おぼっちゃん育ちのわがままな人なので、組員たちは、内心では宗近さんに組を引っ張っていってもらいたいと思っているようですね。俺もその気持ちはよくわかります。宗近さんは頭も切れるし、度胸もありますから」

言葉の端々からも、安東が宗近を信用していることはよくわかる。椎葉はさっき見たばかりの宗近の姿を思い浮かべた。

たくましい体躯《たいく》に精悍《せいかん》な風貌。何もかも見透《みす》かしているような眼差し。シニカルな笑みが浮かんでいる口元。頭の中で復元してみると、奇妙なほど落ち着かない気分になってくる。

車が赤信号で停車した。前方の車のテールランプを眺めながら、椎葉は独り言のように小さく呟いた。

「あの男は好きじゃない」

耳ざとく聞きつけた安東が、不思議そうに椎葉を振り返る。

「珍しいですね。柴野さんが人の好き嫌いを口にするなんて」

「そうか？」

「ええ。俺は初めて聞きましたよ」

確かに椎葉は他人への評価や印象など、対人関係に関する感情は滅多に表に出さない。だが、あの宗近という男は無性に気に入らなかった。理屈ではなく、存在そのものがひどく気に障《さわ》ってしまうのだ。
とにかくあの男は危険だ。注意しなければ。
椎葉の頭の中で、警告の赤いランプが静かに灯っていた。

3

すぐ目の前で黒塗りのベンツが停車した。白手袋をした運転手が丁寧な手つきで、後部座席のドアを開ける。車内から降りてきたのは、テレビでもよく見かける名の知れた代議士だった。代議士は有名料亭の中へと静かに姿を消していった。

赤坂《あかさか》と溜池山王《ためいけさんのう》を結ぶ裏道の、通称・赤坂料亭《りょうてい》通り。この辺りには夜になると、政財界の要人たちが入れ替わり立ち替わり現れる。もうしばらくすれば、細い通りは黒塗りの車に占領されるだろう。

椎葉《しいば》も目当ての料亭に着いた。高級な店は落ち着かないので好きではないが、ここはこぢんまりとした店構えをしていて、気取った雰囲気もなく気に入っていた。

くぐり戸を抜け店の中に入ると、きれいに着物を着こなした顔馴染みの女将《おかみ》が、「いらっしゃいませ」と明るく出迎えてくれた。

「お義兄《にい》さま、もういらしてますよ」

にこやかに告げられ、「そうですか」とだけ答える。待ち合わせの時間より早く着くように出てきたのに、また先を越されてしまった。それだけで気が重くなる。

いつもの部屋だと女将が教えてくれたので、案内は断ってひとりで部屋に向かった。襖の前でネクタイを締め直す。今日はいつもの派手な格好ではなく、ごく普通のすっきりとした三つボタンのスーツを身につけていた。髪も普段はほとんどつけない整髪料で、きちんと整えている。

失礼します、と声をかけてから襖を開くと、義兄の篠塚英之《しのづかひでゆき》は手酌《てじゃく》で日本酒を飲んでいた。久しぶりに見る理知的で怜悧《れいり》な横顔に、自然と視線が奪われる。椎葉は密かに、この人ほどノンフレームの眼鏡《めがね》がよく似合う人間はいないと思っていた。

「遅れてすみません」

「いや。私が早く来すぎただけだ。気にしなくていい」

篠塚はスーツの上着を脱ぎ、ベスト姿で胡座《あぐら》をかいて座っていた。くつろいだ姿を見せながらも、独特の清爽《せいそう》な雰囲気は少しも崩れていない。

向かい側に座ると、「君もどうだ」とお猪口《ちょこ》に酒を注《つ》がれた。勧められるままに口をつけたが、酒の味などわからない。篠塚と一緒だと緊張するのか、いつもそうだ。

「何度も電話をいただいていたのに、連絡せずにすみませんでした」

留守電に残されたメッセージを、忙しさにかまけてずっと放置してしまっていた。怒っているのではないかと思ったが、篠塚は穏やかに笑いながら、「いいんだよ」と首を振った。

「毎日忙しいんだろう。それは私もわかってるよ」

篠塚とは姉の由佳里《ゆかり》が亡くなってからも、二、三か月に一度はこうして会っている。間に立っていた存在を亡くした義兄と義弟というのは、ひどく据《す》わりの悪い曖昧《あいまい》な関係だと椎葉は思う。お互いに共通の存在がいたからこその親戚関係だったのだから、それを失ってしまえばあとはもう赤の他人と同じだ。だがふたりの繋がりは、今も切れてはいない。不思議な関係だった。

「実は内示が出てね。今度、本庁に戻ることになった」

運ばれてきた料理に箸《はし》を伸ばしながら、篠塚が気楽な調子で言った。本庁とは、警察庁のことだ。ちなみに警視庁は東京都を守る地方自治体の警察で、警察庁は全国の警察を管理監督する国の機関である。キャリアは国家公務員だから、当然、全員が警察庁の職員で、警視庁や各県警にいるキャリアたちは、あくまでも地方自治体に出向しているという身分になる。

「本庁のどこですか？」

「警備局の企画課だよ。理事官に就任することになっている」

そうですか、と呟いて椎葉も箸を動かした。なんと言っていいのかわからない。本庁の警備局企画課への異動が出世コースなのはわかるが、篠塚はまだ三十六歳だ。三十六歳という若さで企画課理事官というのは、慣例的に考えて少し早すぎるのではないだろうか。

警察庁警備局といえば、全国の公安警察の元締め的存在だ。警視庁の公安部を始め、全国の警備部公安課の捜査員たちは、極左極右などの政治犯や犯罪性を帯びた特殊団体などを監視し、常にその情報収集にあたっている。椎葉たち情報係の仕事と共通する部分も多いが、シビアさにおいては比較にならない。彼らこそが盗聴や潜入捜査のスペシャリスト集団だった。表には出ず常に潜行捜査を行っているので、どうしても秘密警察的な印象が強い。

一説によると警備局企画課は、全国の公安警察がエス工作を行う際の司令塔ともいわれていた。機密性の高い情報を扱う性質上、そののち警察組織の中枢《ちゅうすう》を歩むことになる有能な官僚が、企画課の理事官として起用されると聞いたことがある。

「また忙しくなりますね」

「公僕に暇なしだよ」

篠塚が静かに笑った。同期入庁のキャリアたちより頭ひとつ飛び出したというのに、その表情には微塵《みじん》の気負いも、驕《おご》り高ぶったところも見当たらない。きっと篠塚にとっては、どんなポストもただの通過点にすぎないのだろう。こういうところが心底恐ろしい。がむしゃらになることなく、篠塚はあくまでも穏やかな顔のまま、巨大なピラミッド型をなす警察組織を淡々と駆け上がっていくのだ。

「今日は私の話じゃなくて、君に言いたいことがあって来てもらったんだよ」

たたずまいを直し、篠塚が切り出した。

「……昌紀《まさき》。来年もう一度、国家公務員試験を受けてみないか」

思いもしないことを言われ、椎葉は戸惑った。

「七年前、君は警察庁に採用の内定を受けながら、捜査のできないキャリアではなく、警察官として現場で働きたいと言って入庁を辞退した。……だが、もう十分じゃないのか？　気は済んだだろう。そろそろ本気で将来のことを考えなさい」

「……どういう意味でしょうか。俺はこのまま刑事として働いていくつもりです」

椎葉は表情を硬くして答えた。篠塚に今の自分の生き方を、真っ向から全面否定されたような気分だった。

「君は優秀な人間だ。国家公務員試験もトップの成績で合格したし、警察学校も首席で卒業した。今も刑事として、きちんと成果を挙げている。だが、その能力は官僚として、組織を動かす方向に発揮されるべきものだよ。私はずっとそう思ってきた。君はいち捜査員のまま、終わっていい男じゃない」

静かな口調だが、声には抗えないような強い響きがある。篠塚の本気が伝わってきて、椎葉は困惑した。

「警視庁を辞めて、勉強に専念してみないか。君なら今から真剣に準備すれば、来年の試験には合格できるだろう」

「……無理ですよ。それにたとえ合格しても、警察庁に採用されるとは限らない」

省庁に採用されるか否かは、実際は官庁訪問時の面接で決定される。今は平等化を図るため、最終合格の発表日以後に官庁訪問が開始されているが、少し前までは試験の合否が出るよりも早く、各省庁は採用枠を埋めていた。つまり頭脳の善《よ》し悪《あ》しではなく、採用は出身大学などに大きく左右されるということだ。椎葉のような訳ありの人間が、現役東大生たちと競い合って勝てるはずがない。警察庁の採用枠は、二十名にも満たない狭き門なのだ。

「そのあたりのことは心配しなくていい。現場で捜査経験のある刑事が、新たに試験を受けてキャリアとして採用されるのは前代未聞《ぜんだいみもん》だが、それもまた新しい試みで面白いと長官も仰っていた」

思わず頬が強《こわ》ばった。長官といえば、警察庁長官しかいない。警察庁長官は二十七万人の警察職員たちのトップに立つ、ノンキャリアにとっては一生直接会う機会などないだろう雲の上の存在だ。そんな相手にまで根回しができる篠塚の政治的手腕に、椎葉は強い畏怖《いふ》を覚えた。

「君だって由佳里のことがなければ、今頃はキャリアとして頑張っていたはずだ。もうそろそろ、元のコースに道を戻してみないか？　年齢的にも今がギリギリだ」

椎葉は膝の上で拳を握りながら、答えを探していた。反発心に任せて断ることは簡単だったが、自分をこれほどまでに思ってくれる篠塚の気持ちを考えると、言葉が出てこなかったのだ。

「……少し考えさせてください」

「わかった。いい返事を期待してるよ。君が私の後に続いてくれることを願ってる」

すぐ答えを求められなかったことにホッとして、椎葉は心の中で安堵の溜め息をついた。だが、すぐそういう自分に嫌気が差す。もう自分には関係のない人だと突き放して考えようとしても、篠塚のひと言ひと言に、いつも簡単に振り回されてしまうのだ。

食事を終え、ふたりは店を出た。通りに出ると、篠塚がタクシーを止めた。

「乗りなさい」

「篠塚さんは？」

「私はやり残した仕事があるから、霞ケ関《かすみがせき》に戻るつもりだ。……昌紀、また家にも遊びにおいで。いつでも歓迎するから」

篠塚は半蔵門《はんぞうもん》にある官舎でひとり暮らしをしている。由佳里が生きていた頃は、幾度となく遊びに行ったものだ。

「ありがとうございます。機会があれば寄らせてもらいます」

儀礼的な言葉を返す椎葉に、篠塚が寂しげな目を向ける。胸が少しだけ軋《きし》むように痛んだ。だが以前のように、無邪気に接することはできない。それはもう無理なのだ。

後部座席に乗り込み窓を開けると、篠塚が顔を近づけてきて小さな声で囁いた。

「君は由佳里と本当によく似ているな。見ていると複雑な気分になるよ」

どういう意味なのかわからなかったが、運転手が「出しますよ」と言ったので、頭を下げるだけで精一杯だった。自分を見送る篠塚の姿は、すぐに視界から消え去った。

椎葉はシートの背もたれに身体を預け、深い吐息をついた。篠塚を思う時、いつも胸の中で相《あい》反《はん》する感情がせめぎ合う。反発と憧れが、嫌悪と尊敬が混ざり合って、自分自身の気持ちなのにわからなくなる。

一度は称賛の瞳で見つめ、この人のようになりたいと心から願ったほどの相手なのだ。冷静な気持ちで向き合えなくても、仕方がないのかもしれない。

高校教師だった姉と篠塚は友人を介して知り合い、一年の交際を経《へ》て、椎葉が大学三年になった春に結婚した。姉の結婚は椎葉にとってもおおいに歓迎すべき出来事だった。警察官だった父親は幼い頃に事故で他界していて、母親も椎葉が高校生の時に癌《がん》で亡くなっている。四歳年上の姉は、椎葉のたったひとりの大事な家族だった。

椎葉は自分と同じ大学を出て、警察庁で責任ある職務に就いている義兄に強く憧れた。篠塚に心酔するあまり、本来目指していた財務省入りを思い直し、進路を警察庁に変更したほどだった。

だが四年になって国家公務員I種試験に合格した直後、その気持ちを覆《くつがえ》す事件が起きた。

惨事《さんじ》は由佳里がたまたま繁華街を歩いていた時に起こった。ある暴力団組員の撃った流れ弾が、由佳里の頭部を撃ち抜いたのだ。運が悪いとしか言いようがなかった。

暴力団同士の大がかりな抗争に、現役警察官僚の妻が巻き込まれ殺されるというセンセーショナルな事件は、マスコミでも大々的に取り上げられた。

警視庁も異例の捜査態勢で犯人検挙に乗り出したが、三日後、犯人と名乗る男が自ら警察に出頭してきたため、事件は急転直下、スピード解決したかに思われた。

ところがある週刊誌のスクープ紙面に、出頭してきた犯人は身代わりで、実際に発砲したのは組長の息子だという記事が掲載されたのだ。

その抗争では、すでに何人かの無関係な市民が巻き込まれて死亡していた。抗争を起こしているのはどちらも国内で一、二を争う大きな暴力団組織で、これ以上長引けば未曾有《みぞう》の大惨事に発展する恐れがあると、以前から強く懸念されていた。それらの背景から、なんとしても抗争を終結させたい警察側と、組長の息子を逮捕させたくない組側とで、なんらかの裏取引があったのではないかと週刊誌の記事は報じていた。

三流週刊誌の戯言《ざれごと》と捨て置けないものがあった。真相はどうなのかと、椎葉は篠塚に度々問い質した。暴力団員の身代わり出頭は実際に多いと言われているが、自分の姉を殺した相手が今もまだ、どこかでのうのうと普通に暮らしているのであれば、どうあっても許すことはできなかった。

篠塚は警察の捜査に間違いはない、マスコミのいいかげんな記事など信用するなと言ったが、どこか苦渋を秘めた硬い表情に、椎葉は篠塚自身も事件解決に何かしらの疑惑を持っていると直感した。だからもう一度、捜査し直して欲しい、姉のためにも真実を探って欲しいと、頭を下げ続けた。けれど篠塚は首を横に振るばかりで、椎葉の願いを聞き入れてはくれなかった。

『どうしてですか。義兄さんは警察官なのに……っ。本当のことを知るため、どうして捜査してくれないんですか?』

食い下がった椎葉に、篠塚は苦しげな顔でこう答えたのだ。

『昌紀。私たち本庁の人間は警察機構に属してはいるが、あくまでも行政官なんだ。警察庁職員個人に捜査権はないんだよ』

篠塚の立場もわかる。わかるが、受け入れることは到底無理だった。椎葉にすれば捜査権がどうだとか、そういう建前の問題などどうでもよかった。ただ、なんの罪もなく殺されてしまった可哀想な姉のために、自分の手を動かして真実を探って欲しかったのだ。警察官としてではなく、ひとりの男として、そうして欲しかった。

目の前が真っ暗になるような絶望感。眩《まぶ》しいほどに輝いて見えていた相手への失望感。椎葉は打ちのめされ、己の無力さを噛みしめるしかなかった。

そんな出来事があって、椎葉は警察庁に入ることをやめたのだ。篠塚にも警察庁の人事課職員にも何度も説得されたが、入庁は頑《がん》として拒否した。多分に篠塚への反発心があったのかもしれない。自分は違う。出世などいらない。犯罪が憎い。姉の命を奪った拳銃が憎い。

だから犯罪を直接取り締まることのできる、ノンキャリアの道を進む。名もなき末端の警察官でいいから――。

ある種の意地と鬱屈《うっくつ》した犯罪への憎悪だけが、椎葉をここまで突き動かしてきた。決してご立派で美しい正義感などではなかった。それだけは確かだ。

世田谷《せたがや》の自宅マンション前でタクシーを降りた途端、ポケットに入れていた携帯が鳴った。ディスプレイには『高崎《たかさき》』という着信表示が出ている。上司の高崎係長だ。

電話に出ると、焦りを感じさせる高崎の声が耳に届いた。

「今どこだ？」

「自宅です。何かありましたか？」

「大変だぞ。安東《あんどう》が死んだ」

唐突に予期せぬ言葉を聞かされ、椎葉は絶句した。

「死んだって……。どういうことですかっ？」

「殺しらしい。さっき捜査一課のほうから連絡を受けた。安東はうちで捜査中登録してるからな。死体はすでに司法解剖に回されたそうだ」

安東が殺された――。

にわかには信じられない凶報だった。椎葉は頭を掻きむしりながら高崎に尋ねた。

「犯人は？　犯人は誰なんです？」

「まだ逮捕されてない。安東と一緒にいた仁志《にし》という男の証言によると、車から降りたところを突然襲われたらしい。一課のほうで、お前に聞きたいことがあるそうだ。今から新宿署まで出てこられるか？」

「わかりました。すぐ向かいます」

椎葉は話しつつ、駅を目指して歩き始めた。

「犯人の目星はついているんですか？」

「いや。まだ何もわかってないそうだ。……ただ、安東の部下が言うには、犯人は中国人かもしれないって話だ」

「中国人……？」

椎葉の足が止まった。胸の中をひやりとした冷たい風が吹き抜ける。

「襲われた時、相手が中国語で何か喚いたそうだ。その後すぐ発砲を受けたから、顔まではよくわからなかったらしいがな」

「発砲って……。安東は撃たれて死んだんですか？」

「ああ。頭部と胸部に被弾して、ほぼ即死状態だったらしい」

中国人。拳銃。馴染みあるふたつのキーワードに椎葉の身体が硬直する。まさか、と椎葉は考えた。安東は林英和《リンヨンファ》との間で、何かトラブルを起こし、それで殺されたのではないだろうか。

「じゃあ、新宿署で会おう。俺も今からすぐ向かう」

電話は切れたが、凍りついたように足が動かない。椎葉は携帯を握り締めたまま、呆然と夜の闇を見つめた。


「柴野さんっ」

包帯に包まれた腕を吊り下げた仁志が、椎葉を見て立ち上がる。

「大丈夫か、仁志。怪我《けが》は？」

事務所には裕美《ゆみ》や俊樹《としき》たち、ファミリーの面々の姿もあった。部屋全体が、なんとも言えない重苦しい雰囲気に覆われている。

「俺はたいしたことありません。でも社長が、安東社長が……っ」

項垂《うなだ》れる仁志の背中をそっとさすってやる。目の前で安東を殺された仁志の無念とショックを思うと、かける言葉が見つからなかった。

仁志から電話がかかってきたのは、新宿署で一課の刑事に、自分が知る範囲での安東の交流関係を説明している時だった。安東の訃報《ふほう》を初めて知ったふりをして、椎葉はすぐ事務所に行くと仁志に告げ、歌舞伎町へと向かった。

「大変だったな。まだ信じられないよ」

「なんでこんなことに……、あんなにいい人だったのに……っ」

男泣きする仁志を見て、周りの人間も鼻を啜《すす》っている。悲しいのは椎葉も同様だったが、今は感傷的になって一緒に泣ける気分ではなかった。自分のエスだったせいで、安東は無惨に殺されてしまったのかもしれないのだ。

「……安東を撃ったのはどんな奴だった？　中国人かもしれないと言ってたが」

「車を降りた途端、中国語で何か叫ばれたんです。振り向く間もなく、後ろからいきなり撃たれたから顔までは……。もちろん犯人が中国人を装っていた可能性もあるんで、実際のところは本当に中国人かどうかは不明です。……柴野《しばの》さん、俺たちこれからどうすればいいんでしょうか？」

顔に強い不安の色を浮かべる仁志の肩を、椎葉は励ますように叩いた。安東亡き後、組織を切り盛りしていくのは仁志しかいない。

「表の店のほうは、それぞれ店長がいるだろう。今まで通り、店の運営はそいつらに任せておけ。ただ裏の仕事はしばらく全面的にストップしたほうがいい。当分、警察が入り込んで捜査してくるからな。ここに置いてるやばいものも、どうにかしたほうがいいぞ」

「そっちは大丈夫です。先週、社長が全部安全な場所に移動させましたから」

尾行しているのが麻取の可能性もあると話した後、安東はちゃんと椎葉の指示に従ったのだ。今となっては、尾行の存在も安東殺害の予兆だったのではないかと思えてくる。もっと自分が気をつけていれば、と椎葉の表情は翳《かげ》った。

「松倉《まつくら》組のほうにも、知らせたほうがいいでしょうか。まだ連絡してないんですけど」

安東は自分の店や事務所には、松倉組の組員たちを一切出入りさせていなかった。そのへんの線引きはきっちりしていたので、暴力団にあまり馴染みがない仁志は、松倉組に対してやや腰が引けている。

「そうだな。これからも世話になるんだろうし、早く知らせたほうがいい」

「でも俺、組のことはよくわからないんですよ。宗近《むねちか》っていう人しか知らなくて」

椎葉は眉をひそめた。

「宗近か。俺もこの間、偶然会ったよ。あのヤクザ、ここに何度も来ているのか?」

「いえ、ほんの数回程度です。俺も挨拶するくらいでよく知らないんですけど、社長とは古い知り合いのようでした」

「そうだ。安東とは長いつき合いだったよ」

背後から声が聞こえ、椎葉は驚いて振り返った。いつの間に来たのか、ゆったりとした黒いダブルスーツに身を包んだ宗近がドアの前に立っている。その後ろには鹿目《かなめ》の姿も見えた。

仁志も突然現れた宗近に驚き、目を見開いている。

「お前、仁志って名前だったかな?」

「は、はい。そうです」

「組のほうには俺が知らせておいた。……何か困ったことがあったら組じゃなくて、俺に直接相談しろ。悪いようにはしないから」

宗近が鷹揚《おうよう》な態度で仁志に自分の名刺を渡す。仁志はそれを受け取り、「ありがとうございます」と頭を下げた。

「安東の遺体は?」

「今、解剖のほうに……」

「切り刻まれてるのか。可哀想に」

あいつが戻ってきたら知らせてくれ。そう呟いて、宗近は現れた時と同様、唐突に事務所から出ていった。椎葉はその後を追うため、慌てて廊下に飛び出した。

「待てよ」

宗近がゆっくりと振り返る。だが椎葉が何か言うよりも早く、宗近が先に口を開いた。

「言っただろう。安東には気をつけてやれって。人の忠告を無にしやがって」

宗近は射すくめるような厳しい目で椎葉を見据えている。椎葉は大きく息を呑んだ。あの言葉の意味がやっとわかったからだ。この男は安東の裏切りを告げていたのではなく、安東の身に及んでいる危険を知らせようとしていたのだ。

「お前……、何を知っているんだっ。安東を殺した相手が誰かもわかっているのかっ？」

激高して摑みかかったが、宗近は顔色ひとつ変えず椎葉を見下ろしている。

「どうなんだ？　知ってるなら言え。安東は誰に狙われていた？　誰に殺されたんだ？」

「……それが人にものを聞く態度か？」

背広の襟元を摑んだ椎葉の手を、宗近が面倒そうに振り払った。

「お前は常識を知らない世間知らずのお坊ちゃんだな。いや、お嬢ちゃんか？」

嘲るような笑みを浮かべ、宗近が椎葉に顔を近づけてきた。

「安東を殺した相手ならわかってる。知りたいって言うなら教えてやってもいいが、情報ってのはタダじゃない。この意味がわかるだろう？」

宗近は金を要求しているのだ。性根の腐った男だ、と椎葉は心の中で蔑《さげす》んだ。

「いくら用意すればいいんだ」

「金なんかいるか」

即座に返ってきた言葉に眉を寄せる。では一体、宗近は何を求めているのだろうか。

「お前だよ」

「何……?」

「察しが悪いな。お前をよこせって言ってるんだ。……澄ました顔してても、男を悦《よろこ》ばせる方法くらい知ってるんだろう?」

ふざけた言葉に頭の中が真っ白になり、勝手に手が動いていた。振り上がった手が小気味よい音を立て、宗近の頬を打ちつける。

「このゲス野郎……っ」

宗近は微動だにしない。それどころか薄笑いさえ浮かべていた。

「つくづく鼻っ柱の強いお嬢ちゃんだ」

「やめろっ」

激しくにらみつけても、宗近は悠然とした態度で椎葉を見下ろしている。怒る椎葉をどこか面白がっている様子すらあった。

上がってきたエレベーターに鹿目が乗り込んだ。ボタンを押したまま、宗近を待っている。

「情報は逃げない。その気になったら、いつでも俺のところに来い」

宗近が椎葉を押しのけ、エレベーターの前に進む。大きな背中に向かって椎葉は毒づいた。

「その気になんて、なるわけがない。お前、頭がおかしいんじゃないのか」

その言葉には何も答えず、宗近はエレベーターの中へと姿を消した。口元に浮かんだ人を小馬鹿にしたような嫌な笑みは、最後まで消えることはなかった。


「遅くなってすまん。待たせたな」

待ち合わせ場所の喫茶店に現れた大迫《おおさこ》が、すまなそうに頭を下げる。

「俺もさっき来たところです」

大迫が「嘘つけ」と笑った。大迫がそう言うのも無理はない。灰皿は吸《す》い殻《がら》の山だ。

「いえ。本当にほんの十分ほど前に来たんですよ」

言い訳がましく「最近本数が増えて」と付け足し、吸いかけの煙草を灰皿にねじ込む。実際は三十分以上待たされたが、無理を言って市ヶ谷《いちがや》まで出てきてもらった手前、遅刻くらいで謝らせたくはなかった。

そこは外堀通《そとぼりどお》り沿いのビルの地下にある喫茶店だった。光量を落とし気味の薄暗い照明が、古びた店内をいっそう陰気くさく見せている。客は中年のサラリーマンがひとりいるだけだ。男は入り口近くのテーブルに座りながら、眠そうな顔で週刊誌を眺めている。流行ってないにもほどがあるが、人に聞かれたくない話をする時には都合のいい店だった。

気難しそうな顔をした初老のマスターが、テーブルまで大迫の注文を取りに来た。

「こんなところまで呼び出してすみませんでした」

ブレンドを頼んでから、大迫が「いいさ」と首を振った。

「新宿じゃ誰の目があるかもしれんからな。で、これが頼まれたものだ」

椎葉は礼を述べて、差し出された茶封筒を受け取った。中に入っていたレポート用紙を開くと、そこには大迫の癖のある手書きの文字で宗近の経歴などが綴《つづ》られていた。

「宗近奎吾《けいご》、三十二歳。表向きは青年実業家ってところか。不動産業に輸入業、それにＩＴ関係の会社も経営している。裏じゃお前も知ってるとおり、松倉組若頭補佐って立場だ。松倉組の内情に詳しいマル暴のデカに聞いたんだが、宗近は先代組長の妾腹《しょうふく》らしい」

「それは俺も聞きました。跡目を継いだのは、宗近の腹違いの弟だそうですね？」

「ああ。正妻の子でまだ二十五、六の若造だ。先代が亡くなった後、しばらくは別の人間が組長代行を務めていて、実際にそいつが跡目を相続したのは去年だってよ。あそこは新宿じゃ昔から勢力のある武闘派組織だから、血の気の多い奴らが多い。若い組長じゃ、組織をまとめていくのもなかなか大変みたいだな。……しかし宗近って男、いろいろと謎が多い。子供の頃、先代の本宅で暮らしていた時期もあるようだが、なぜか認知は受けてなくて、松倉姓は名乗っていない。高校卒業後は本宅を出てしまい、マル暴でも行方を摑めずにいたが、四年ほど前に突然、実業家として松倉組周辺にまた姿を現し始めた。今はあいつからかなりの大金が組に流れ込んでいるはずだ」

　コーヒーが運ばれてきたので、大迫が一旦、話すのをやめる。椎葉は「確かに食えない男ですね」と頷いた。

「照会センターに犯歴を問い合わせたんですが、こいつには前科《まえ》がありませんでした」

「よほど用心深いんだろうよ。この男は幹部のくせに、組の表舞台には一切出てこないそうだ。かといって、完全に企業舎弟に徹しているわけでもないらしく、マル暴の同僚もよくわからん存在だと言ってたよ。——で、お前は宗近の何を探っているんだ？」

　大迫の質問に答えるべきかどうか迷ったが、これからも協力を仰ぐ場面に遭遇するかもしれない。椎葉は当たり障りのない範囲で事実を話すことに決めた。大迫も一度は潜入捜査を経験した刑事なのだから、椎葉の難しい立場はよくわかっているはずだ。

「先日、管内で殺しがありましたよね。風俗店経営の安東って男がガイシャの」

「ああ、あれか。まだ犯人は見つかってないようだが」

　安東の死から一週間が過ぎても、捜査に進展はなかった。椎葉の苛立ちもピークに達しつつある。

「……安東は俺のエスだったんです」

　カップに口をつけていた大迫が、驚いた表情で顔を上げる。

「――そうか。そりゃ災難だったな。だが、それに宗近がどう関係してるっていうんだ？」

「わかりません。ただ何か知っている節があるので、気になって…」

安東はエス工作の犠牲になったのかもしれない、とまでは言えなかった。

あの夜、新宿署で落ち合った高崎に、安東が林に接触中だったことは決して一課の捜査員に話してはいけないと、きつく言い渡された。高崎も安東殺害に林が関与している可能性を疑っていたのだ。林が犯人でなかったとしても、周囲に一課の捜査員が張り込めば逃げられる。組対五課にすれば殺しよりも拳銃の密売ルート解明のほうが大事だから、一課に林の身柄を拘束されることは、鳶《とんび》に油揚《あぶらあげ》をさらわれるのも同じだった。

大迫が「しかしな」と苦い顔でコーヒーを飲み干す。

「殺しは一課の仕事だろう？　お前の悔しい気持ちもわかるが、あんまり勝手に動くといい顔されんぞ。ほどほどにしておけよ」

「はい」

頷いたものの、椎葉の心は焦りにまみれていた。すぐにでも安東殺害の真相を知りたい。捜査できなくても、一刻も早く真実を摑みたい。安東は誰に殺されたのか。エスとして動いていたせいなのか。どうして。なぜ――。

焼けつくような焦燥感が胸元までせり上がってくる。神経はひとときも安まらず、じっとなどしていられなかった。

だが今その真実を握っているのは、ただひとり。あの男、宗近奎吾という男だけなのだ。

4

「よう。来たな」

傲岸不遜《ごうがんふそん》な眼差しを向けながら、宗近奎吾《むねちかけいご》が微笑んでくる。何度見ても気に食わない顔だ。

「では、私はこれで」

「ああ。ご苦労さん」

後ろに立っていた鹿目《かなめ》が一礼して踵《きびす》を返した。ひとり玄関に取り残された椎葉《しいば》に、宗近が中に入れというふうに顎をしゃくる。宗近の後に続き、椎葉は部屋の中へと足を踏み入れた。

通されたリビングは呆れるほど広くて、軽く三十畳はあるように見えた。どのインテリアも洒落《しゃれ》たデザインでいかにも高価そうだ。ほこりひとつなく手入れされた、無機質なまでに洗練された部屋。人が暮らしているという生活臭が感じられない。まるで贅《ぜい》を尽くして作られたモデルルームのようだった。

天井まである大きな窓の向こうにライトアップされた東京タワーが見えたが、今の椎葉には地上四十階からの素晴らしい夜景を楽しむ余裕はない。

そこは六本木《ろっぽんぎ》ヒルズにある宗近の自宅マンションだった。仁志《にし》が持っていた名刺を見て電話をかけると、宗近ではなく鹿目というあの秘書のような男が出た。宗近に会いたいと告げると、鹿目は一時間後に迎えの車で新宿までやってきた。

「優秀な部下を持ってるな」

「鹿目のことか？　あれは俺の一番高価な財産だよ」

宗近の言葉もなんとなくわかる気がした。鹿目は無駄口は一切叩かないが、受け答えは実にそつがない。年齢は椎葉とそう変わらないように見えるが、落ち着き払った態度は名家に仕える老齢の執事のようだ。

椎葉はフェイクファーのロングコートのポケットに手を突っ込んだまま、ずかずかと部屋の奥に進むと、許可も得ずソファーに腰を下ろした。優美な曲線を描く革張《かわば》りの大きなソファーは、ほどよい柔らかさで座り心地がいい。

「何か飲むか？」

「いらない」

仲良く酒など飲むためにやってきたのではない。椎葉の目的はただひとつだ。

「安東《あんどう》を殺したのは誰だ。教えろ」

宗近が立ったままで椎葉を見下ろしている。

「相変わらず高飛車《たかびしゃ》な態度だな。人に何か聞く時は、お願いしますくらい言えよ」

「これはお願いじゃない。取引だ。お互いにイーブンな立場だろう」

椎葉の言いたいことを察したのか、宗近が「ほう」と片眉をつり上げた。

「じゃあ、俺にサービスする覚悟はできてるってことか」

何がサービスだ。苛立たしく思いながらも、無言を守ることでその言葉を不承不承に肯定する。余計なことは言いたくなかった。喋《しゃべ》れば喋るだけ自分が惨めになってしまう。

迷いに迷い、悩みに悩んだ。だが真実を知りたいと膨れ上がる気持ちを、どうしても抑えきれなかった。男に身を任せるくらいがなんだ、と自分に言い聞かせ、椎葉は宗近に会うことを決めたのだ。

「取引に時間をかけるつもりはない。さっさと始めようじゃないか」

コートを脱ぎ始めた椎葉を見て、宗近が苦笑する。

「せっかちな奴だな。……まあいい。こっちに来いよ」

宗近に案内されたのは、予想した通り寝室だった。こちらも二十畳はありそうな無駄に広い部屋だ。キングサイズの豪奢《ごうしゃ》なベッドを見据え、部屋の中央へと足を進める。ふと壁に飾られたものに気づき、椎葉は立ち止まった。

ガラスケースの中に収められた、たくさんの拳銃。――ワルサー、ブローニングハイパワー、コルト・ガバメント、ベレッタ、マグナム、ルガー、トカレフ、デザートイーグル。あらゆる種類の有名な銃が、壁面いっぱいに整然とディスプレイされている。

「まさか本物じゃないだろうな?」

椎葉の問いかけに、宗近が「当たり前だろう」と笑う。

「枯れ葉を隠すなら森の中って言葉もある」

「安心しろ。全部モデルガンさ」

「……お前、ガンマニアなのか?」

「いや。これは全部知り合いにもらったものだ。インテリアとして面白いから飾ってるだけで、俺はオモチャなんかに興味はない。……が、オモチャでもかなり精巧にできてるぞ。ほら、これなんかどうだ?」

言いながら宗近がガラスの扉を開け、中のひとつを取り出した。

「見ろよ。このベレッタ、なかなかの出来映《できば》えだろう」

正式名称ピエトロ・ベレッタM92。それはイタリアのピエトロ・ベレッタ社が生産している、九ミリ口径の自動拳銃だった。世界中の警察や軍隊で幅広く使われており、米軍正式採用の拳銃にもなっている。

宗近が右手に握ったベレッタをゆっくりと持ち上げ、銃口を椎葉の鼻先に向けた。偽物とわかっていても、いい気はしない。

「……さて、取引を開始しようか。最初に言っておくが、この取引のメインになるのはお前の身体じゃない。情報と引き換えになるのは、あくまでも時間だ」

意味がわからず、椎葉は眉根を寄せた。

「どういうことだ？」

冷ややかな笑みを浮かべた宗近が、ベレッタの銃口で椎葉の顎を持ち上げる。

「要は俺を楽しませろってことだよ。満足できる時間を過ごせたと俺が感じられたら、あとで情報をくれてやる。裸になって横たわってりゃいいなんて思うなよ」

椎葉は内心でほぞを噛《か》んだ。自分の身体をこの男に与え、しばらくの間、好きにさせてやればそれでいい。そんなふうに考えていたのだ。当然のことながら、相手を楽しませてやろうなどというしおらしい気持ちはこれっぽちも持っていない。

「……どうする。やるのか？」

優しく愛撫するように、宗近がベレッタの硬い銃身で椎葉の頬を撫でる。冷たさのせいなのか、うなじのあたりがぞわりと震え総毛立った。

「どうやらお嬢ちゃんには無理か。嫌なら帰ってもいいんだぞ」

挑発するような言葉と口調だった。反射的に強い対抗心が湧き、椎葉はすっと顔を動かすと、目の前にあるベレッタの銃口に口づけた。そのまま唇を開き、舌でゆっくりと銃身を舐め上げる。

舌の上に不快な金属の味が広がったが、それも無視して先端を口腔に含み、黒い銃身をしゃぶってみせた。

「……お前のベレッタも、こんなふうに舐めてやろうか？」

口から銃身を引き抜き、宗近を見返しながら静かに呟く。宗近が不意に肩を揺らして笑い始めた。椎葉の突然の行動がよほど可笑《おか》しかったらしい。

「残念だが俺のはベレッタじゃない。マグナムだ」

どこかの脂《あぶら》ぎったオヤジが言いそうなドネタを無視し、椎葉は宗近に尋ねた。

「お前は男が好きなのか」

「いや。野郎相手に興奮する趣味はない。だが、お前には興味がある。なにせ、あの堅物の安東《あんどう》が惚れ込んだ相手だからな。……いつから安東の女になった？」

なぜそうも強い確信を持って尋ねてくるのかが不思議だった。安東が言ったとも思えない。

「……俺は安東の女じゃない。あいつとそんな関係になったことは一度もない」

「嘘つけ。安東はお前に入れ込んでいた」

「嘘じゃない。事実を言ってるだけだ。安東とは何もなかった。本当だ」

「じゃあ、安東以外に男がいたのか？」

あくまでも自分をゲイだと決めつけている宗近に腹が立ったが、なんとか我慢して静かに首を振った。

「俺はストレートだ。これまで一度だって、男と性的な関係を持ったことはない」

宗近はしばらく黙り込んでいたが、不意に握っていたベレッタをベッドの上に放り出すと「つまらん」と呟いた。

「安東の女じゃなかったのか。もういい。やめた。帰れ」

慌てたのは椎葉のほうだった。誰が安東を殺したのかまだ聞いていない。

「待てよ。俺をここに誘ったのはお前だろう？　取引はどうなる」

「取引も中止だ。素人《しろうと》の男相手じゃ、楽しめるわけがない。俺は初物を有り難がって食う趣味はないんだよ。青臭い果実なんかより、熟した甘いのがいいに決まってるだろう」

寝室を出ていこうとする宗近の腕を、椎葉は咄嗟《とっさ》に摑んだ。冗談じゃなかった。ここまできて、はいそうですか、と簡単に引き下がれるわけがない。

「ふざけるな。お前が言いだした取引だぞ。それに安東と俺の関係を誤解したのも、お前の勝手じゃないか。絶対に取引には応じてもらう」

怒りも露《あらわ》ににじり寄る椎葉を、宗近は少しの間、黙って見下ろしていた。だが軽く溜め息をつくと、面倒そうに口を開いた。

「わかったよ。確かに言いだしたのは俺だ。とりあえず約束は守ろう。……じゃあ、早速今から開始するか。服を脱いで裸になってベッドに座れ。そして俺が見ている前で、ひとりで達《い》ってみろ。ちゃんと達けたら情報はくれてやる。制限時間は十分間だぞ。さあ、始めろ」

矢継《やつ》ぎ早《ばや》の命令に呆気《あっけ》にとられている椎葉を横目に、宗近はひとり掛けのソファーに深々と腰を下ろした。ここで見ていてやるから早く開始しろ、と言わんばかりだ。

「時間がなくなるぞ。いいのか？」

長い足を組んで頬杖をつき、宗近がのんびりとした口調で促してくる。椎葉はきつく唇を噛みしめた。こうなったらやるしかない。

コートを放り投げ、黒いタートルネックのセーターを脱ぎ捨てる。だがズボンを下ろし、下着に手をかけたところで、椎葉の手は止まってしまった。

「焦らすなよ。お前の裸は、もったいぶるほどのものなのか？」

屈辱で顔が熱くなったが、躊躇《ちゅうちょ》する心をどうにか押し殺して全裸になった。

「……なかなかいい身体をしてるな」

宗近のからかうような言葉が悔しい。対抗するように椎葉は毅然と顔を上げた。羞恥《しゅうち》など感じない。喩《たと》え感じたとしても、この男の前で恥じるようなしおらしい素振りは見せたくなかった。

「こっちを向いて座れ。……足はもう少し開いて。そう、それでいい」

宗近と向き合う形でベッドに腰かけ、椎葉は自分のものに手を伸ばした。乱暴な手つきで自分の性器を扱《しご》く。だが、怒りに満ちた精神状態で勃起《ぼっき》などできるはずもない。

男の性はデリケートなのだ。赤の他人が見ている前での自慰行為など、変質者でもない限り誰だって嬉しくない。

「どうした。なかなか勃《た》たないな。そんなんじゃ、時間が過ぎていくだけだぞ」

「うるさい。黙ってろよ」

横からごちゃごちゃ言われると、気が散って行為に集中できなくなる。

「ひとつ協力してやろうか。俺が言葉でお前を責めてやる。想像力を駆使して自分を盛り上げてみろ。そうでもしなきゃ達けないだろう」

そんなことをされても達けるか、と怒鳴り返したかったが、椎葉に主導権はない。宗近をにらみつけながら、深く吐息を吐いた。まずは気持ちを落ち着かせよう。ムキになって手を動かせば動かすほど、心も身体も萎《な》えていくばかりだ。

「想像してみろ。空想の中のお前は、本当は男が好きなんだ。誰にも言ったことはないが、心の中ではいつも男に抱かれたいと思っている。男の大きな手で身体中を撫でられたい。触られたくてしょうがない。そう思い続けて、今やっと念願が叶った」

椎葉は目線だけを動かし、壁にかけられた時計の動きを確認した。すでに三分が経過している。このままでは射精できず、取引は不成立となってしまう。

「男の手がお前のペニスを握っている。ゆっくり扱かれると、じんわりと快感が湧く。そこに熱が集まって、お前のものは硬くなってくる。たまらなく気持ちいいと感じてる」

目を閉じていつ見たのかも定かではない、記憶の底に沈んでいるアダルトビデオの映像を掘り起こす。なんとかおぼろげに女性の扇情的な裸体を思い浮かべることに成功したが、すかさず宗近が「目を閉じるな」と邪魔してきた。

「俺の目だけを見ていろ。いいな、そらしたりしたら取引は中止だ」

くそ、と心で毒づき宗近を見る。宗近は頬杖をつきながら、またさっきの続きを始めた。認めたくはないが、宗近のバリトンは耳に甘く響く美声だ。

「男は手でお前を刺激する。何度も何度も上下に扱かれ、先端の小さな割れ目からは透明の先走りがあふれてくる。それが男の手を濡らし、卑猥な濡れた音を立てる」

他人と目を合わせたままで、他のことを想像するのは難しい。自慰には深い没頭と集中が必要だ。それを奪われた状態では、自分を高めることはできない。

快感を極めようとするなら、もはや宗近の言葉に身を委《ゆだ》ねるしか術はないように思われた。本意ではないが、それしか方法はない。椎葉は心を決めた。あとは椎葉自身が宗近の吐き出す猥褻《わいせつ》な言葉に、どれだけ反応できるかだった。

自分は男が好きだ。セックスにひどく飢えている。男にいやらしいことをされたくてたまらない──。宗近の言葉を借りて、仮想の自分を作り上げていく。一種の自己洗脳だ。

「男が乳首を舐《な》め始めた。感じる。強く嚙まれても気持ちいい。だけどそこじゃない。お前が舐められたいのは自分のペニスだ。硬くなったアレを舐められたくてしょうがない。舌でたっぷりとしゃぶられたい。ねっとりとしゃぶって、強く吸い上げて欲しい」

想像する。男に舐められて興奮している自分を。非現実的だという思いは意志の力でねじ伏せ、今は淫《みだ》らな妄想をあふれさせ無心に手を動かす。イメージで官能を喚起させるのだ。次第に手の中で、椎葉のものは硬度を上げてきた。

「男がやっとお前のものを舐め始めた。たまらない。気持ちよすぎて声が出る。男もお前の声に興奮して、激しいフェラチオを続ける。唾液に濡れそぼったペニスが男の口を出入りしている。もう出そうになるが、お前は必死で我慢する」

脈打つものを自分で必死に高める。この波を逃さずしっかり捕まえて、一気に最後まで持っていかなくてはいけなかった。

椎葉はより深く想像の世界へとダイブしていく。頭の中には男のフェラチオに身をくねらせる、恥ずかしい自分がいた。下肢が熱い。息が乱れる。異常だと思えば思うほど、それが呼び水となって、ある種の倒錯《とうさく》した興奮を湧き立たせていくようだ。今はまとわりつく宗近の視線さえ、椎葉の昂《たかぶ》りを助長する要素のひとつになっている。

「男の舌がさらに深い場所を求めてきた。口では嫌だと言いながら、お前は震えるほど興奮している。本当はそうされたかった。男に尻の穴まで舐められたかった。唾液でぐしょぐしょになるほど舐めて啜《すす》られ、最後は男の硬いペニスをそこに埋め込まれたい」

「……っ」

一瞬、椎葉の手が止まった。宗近が「続けろ」と呟き、悠然と足を組み替える。

「男がお前の望み通り、反り返った熱い雄《おす》を押し当ててきた。お前は従順に自分で両足を大きく開き、それを受け入れる。男のペニスで穿《うが》たれ、中を擦り上げられる。気持ちいいなんてもんじゃない。女のように犯されながら、お前は感極まって声を上げ続ける」

本当に自分がそうなっているかのように錯覚する。男に抱かれて、乱れまくる自分。なんて恥ずかしい。なんて浅ましい。だが、そんな悪夢のような自分にまた新たな興奮が増してしまう。椎葉は宗近に操《あやつ》られるように、熱い視線に搦《から》め捕《と》られながら手を激しく動かし、放出の瞬間を目指し続けた。

「男のものが感じる場所を、容赦なく突き上げてくる。何度も何度も抉《えぐ》られ、もうお前は何も考えられない。絶頂感に息もできない。それでもまだお前は突いて欲しいと願ってる。もっと奥まで。もっと深く。お前は『壊れるほど突き上げて欲しい』と男に叫ぶ。男のペニスを尻に呑み込んで、もっともっととねだって腰を振り続ける。最後は中に熱い汁をぶちまけられて、自分自身

もザーメンをまき散らす――」

「……――っ」

宗近の言葉にシンクロするように、灼熱のマグマが勢いよく噴き上がる。絶頂という名の限界を迎え、椎葉は白い汚濁《おだく》で自分の手を濡らした。強すぎる快感に腹筋が小刻みに痙攣《けいれん》している。自慰でこんなにも深く感じたのは、生まれて初めてだった。

「九分四十二秒か。……いい子だ。ちゃんと時間内にゴールできたな」

乱れる息に胸が弾んでいた。椎葉はベッドサイドにあったティッシュケースを引き寄せた。力の入らない身体を叱咤《しった》しつつ後始末を済ませ、床に散らばった服を拾い上げる。

いいように遊ばれた。

深い疲労感と共に、そんな筆舌に尽くしがたい敗北感があった。

自分は何をしているんだろうか。こんな無様な姿をさらしてまで、どうして安東を殺した相手を知りたがる。その先に何が待っている――？

緩慢な動作で身繕《みづくろ》いをしている椎葉に、宗近が一枚の写真を差し出してきた。受け取って眺めると、そこには二十代後半とおぼしき険しい目つきをした男が写っていた。

「馬宝森《マーバオセン》。安東を殺したのはそいつだ」

椎葉はハッと目を見開き、宗近に顔を向けた。宗近は感情の窺えない瞳で椎葉を見返している。

さっきまでの淫猥な匂いを感じさせる薄笑いはきれいに消えていた。

「安東はどうしてこの男に殺されたんだ？」

「簡単に言えば、ヤクの密売に絡む怨恨《えんこん》ってところだな。安東は少し前に覚醒剤の新しい買い付け先を手に入れた。ブツは人気があってよくさばける純度の高い北朝鮮《きたちょうせん》製で、北から陸上、海上輸送を経て日本へ密輸されてくる。海上から国内までの運搬は当初、つき合いのある台湾《タイワン》マフィアに頼む予定だったが、上手く話し合いがつかず、結局、香港《ホンコン》マフィアに任せることになった。そこからこじれたんだ」

話を聞きながら椎葉は密かに驚愕《きょうがく》していた。安東がそれほど大がかりな入手先を確保していたとは思いもしなかったのだ。販路拡大に伴っての措置なのだろうが、手を広げすぎだ。

「……じゃあ、この馬という男は台湾マフィアか」

「ああ。台湾マフィアにすれば仕事を横取りされたも同然だ。ふたつの組織は前から対立関係にあったから、余計に面白くなかったんだろう。……安東は見せしめのため、台湾マフィアに殺されたようなものだ」

歌舞伎町には数え切れないほどの中国系マフィアが存在している。それぞれ上海《シャンハイ》、北京《ペキン》、福建《フッケン》、香港、台湾など、出身地ごとに組織化され、対立することもしばしばだった。その構成員はほとんどが密入国者だ。指紋登録がない彼らを捜査するのは実体のない影を追うようなもので、組織の全貌解明など到底無理な話だった。

「お前がそれを知っていたってことは、松倉《まつくら》組でも安東の危険を承知していたんだろう？　どうして守ってやらなかった」

椎葉はこみ上げてくる怒りのままに、きつい目で宗近を見つめた。

「簡単に言うなよ。今時、チャイニーズに喧嘩売るような馬鹿なヤクザはいない。あいつらの荒っぽい手口は、お前だって知ってるだろう」

確かに宗近の言う通りだった。彼らはただ金を稼ぐためだけに日本にやってくる。強盗も密輸も密航も、すべて単なるビジネスでしかないのだ。そのモットーは『要銭不要命《ヤオチエンプーヤオミン》』。金のためなら命も要《い》らぬ。金のためなら殺人を犯すことも厭《いと》わないのだ。その感覚は残忍というよりも、もはやドライだとさえ感じられる。

ひと頃は対立関係にあった暴力団も彼らの容赦ないやり方に怯《おび》え、今や逆に手を結び共存の道を選んでいるのが現状だった。

わかっていても苛立つ感情の波は治まらない。椎葉は責めるように宗近を見続けた。

「そんな目で見るなよ」

宗近が苦虫を噛み潰したような顔で呟いた。

「俺もできるだけのことはしてやろうと思ったさ。安東と揉めた奴らが竹聯幇《チクレンバン》系だってことはわかっていたから、本国にいる知り合いの竹聯幇幹部に相談もした。それで一旦は事が収まったかに見えたんだがな」

竹聯幇といえば台湾最大の広域暴力団組織だ。日本で暗躍するマフィアたちも、この組織の出身者が多いといわれている。しかし上層部の命令も日本で独自に動いている末端の構成員にまでは、完全に届かなかったのかもしれない。

「……安東は自分の身の危険を知っていたのか?」

「嫌がらせの類は何度かあったが、まさか命まで狙われるとは思ってなかったみたいだな。最終的には金で片がつくと踏んでいたようだ。用心だけは忘れるなと忠告していたのに……」

宗近の表情に悄然《しょうぜん》としたものを感じ、椎葉は宗近も自分と同じように安東を救えなかったことを悔やんでいるのだと思った。ほんの少しだけ、この男に対する反発心が弱まる。

「馬は安東を殺《や》った組織の幹部で、当然、在留資格は持ってない。組織の中じゃ古株だが、シャブ中で他の幹部連中からは嫌われている男だ。写真の裏に、馬の根城《ねじろ》にしているアパートの住所が書いてある」

「どうしてそんなに詳しい。台湾マフィアの情報なんて、簡単に手に入るもんじゃないぞ」

外国人犯罪組織の情報は、警察がしゃかりきになってもなかなか入手できないものだ。宗近という男に対し、別の種類の警戒心が湧いてくる。探るようにじっと眺めていると、何が可笑《おか》しいのか宗近がフッと笑った。

「蛇《じゃ》の道は蛇《へび》というだろう。いろいろとツテはあるんだよ。……だが、俺が知っているのはそれだけだ。この情報をどうするかはお前の勝手だ。好きにしろ」

宗近が椎葉の頬を指先でスッと撫でた。払いのけ、椎葉は写真を胸のポケットに入れた。

「ああ。そうさせてもらう」

椎葉はドアに向かって歩きだした。取引は終了だ。もうこの男にも、この部屋にも用はない。

椎葉がドアノブに手をかけた時、宗近が「おい」と声をかけてきた。首だけを曲げ、振り返る。

「なかなか面白い見物だった。現役警察官のオナニーショーなんて、滅多に見られるもんじゃないからな」

頭を蹴り飛ばされたような気がした。宗近は最初から椎葉の素性を知っていたのだ。

「……安東に聞いたのか？」

「いや。俺が勝手に調べたんだよ。安東はお前の情報屋だったんだろう？　てっきり身体を使って陥落したのかと思っていたが、清らかな関係だったとはな。あいつは大人しそうな顔をしているが、自分の得にならないことは一切しないシビアな男だった。それが餌《えさ》もくれないケチな飼い主に、よく従順に尽くしていたもんだ」

宗近が痛烈な皮肉を投げつけてくる。軽く微笑んでいるが、椎葉を見る眼差しはゾッとするほど冷たい。馬鹿にしているというより、まるで椎葉を憎んでいるようだ。

「安東はゲスなお前とは違うからな」

「お前も同じようなもんだろう。あいつの気持ちを知った上で利用していたくせに。なかなかいい根性したお嬢ちゃんだ」

怒りで目の前が真っ赤になる。これ以上、一秒だってこの男の顔を見ていたくはなかった。椎葉はドアを開け、部屋を出た。

「気をつけて帰れよ。椎葉刑事」

後ろから楽しげな宗近の声が聞こえたが、無視してドアを力一杯に閉めてやった。ついでに後ろ足で一発蹴り上げてやる。もちろんそんな八つ当たりで、椎葉の煮えたぎる怒りが治まるはずもなかったが。


「椎葉。馬が落ちたぞ」

部屋に入るなり、高崎《たかさき》が朗報を知らせてきた。場所は松田《まつだ》班の拠点となっているマンションの一室。高崎から呼び出しを受けて、駆けつけたところだった。

「そうですか。早かったですね」

馬宝森が薬物所持の現行犯で逮捕されたことは、二日前に聞かされていた。もちろん宗近から入手した情報をもとに、一課が動いた結果だ。別件逮捕だが家宅捜索を行った際に、安東殺害に使用したと思われる拳銃も発見された。馬も逃げきれないと観念したのだろう。

しかし椎葉は、馬が殺害に至る背後関係まで話すことはないだろうと思っていた。組織を守るために、個人的な怨恨で安東を殺したと供述するのが関の山だ。

「ああ。とにかく林《リン》が無関係でよかったよ。一課に持っていかれてはかなわんからな」

高崎の機嫌のよさに不快感を覚え、椎葉はあえて同意しなかった。高崎は安東殺害の犯人が逮捕されたことではなく、林英和《ヨンファ》に捜査の手が伸びなかったことを喜んでいるのだ。上の人間にすれば、エスなどただの使い捨ての駒《こま》でしかない。

だが椎葉に高崎を無情だと非難する権利はなかった。利己的な部分で比べるなら、椎葉もまた似たようなものなのだ。

安東殺害の犯人が、エス工作とはなんの関係もない台湾人マフィアだと知って、椎葉は心底ホッとしていた。安東は自分のエスだったせいで殺されたのではなかった。そのことがわかり、肩にずっしりとのしかかっていた重い荷物が消えた気がした。

そんな自分に嫌悪を感じずにはいられなかった。

安東の死という事実は変わらないというのに、囚われていた罪悪感から解放され、ひどく安堵している自分を薄汚いとさえ思った。結局、宗近と馬鹿げた取引までして必死に真実を欲しがったのも、すべては自分自身のためだったのだ。

「林とはどうなってる?」

「再入国し次第、すぐに接触を試みるつもりです」

「慎重に頼むぞ。応援がいるなら声をかけろ。事件係に引き渡せるくらいに情報が出そろうまで、万全の態勢で林を囲い込んでいくからな」

しばらく接触の方法を検討し合っていたが、話が一段落すると、高崎が思いも寄らないことを言い始めた。

「安東がいなくなって、これからどうするつもりだ。他の情報屋が小物でそれほど使えないなら、新しいエスを選定する必要があるだろう」

「……新しいエスですか?」

「そうだ。——宗近奎吾はどうだ。エスとしては、うってつけの男じゃないか」

ゾッとするようなことを言われ、思わず椎葉は声を荒げた。

「やめてくださいよ。あんな男がエスだなんて、冗談じゃありません」

「どうしてだ? あいつは松倉組の幹部だが、企業舎弟だから極道的な縛りも少ない。裏社会にも詳しい上、輸入貿易の会社も経営している。申し分ないじゃないか。何よりお前が刑事だってことを知りながら、馬の情報を提供してきた。こんな協力的な男をエスにしないでどうする」

何が協力的だ、と椎葉は心の中で吐き捨てた。もちろん高崎には、宗近との間で起こったすべては話していない。安東の知人である松倉組の男から、安東殺害の犯人について有力な情報を入手した。ただそう報告したにすぎなかった。

宗近が自分のエスになるなんて、想像しただけで胸くそが悪くなる。あの男は椎葉が刑事とわかっていて、変態的な行為に及んできたのだ。警察を舐めきっている証拠だ。しかも自分の手は汚さず、視線と言葉だけで椎葉を辱《はずかし》めた。まだ普通にセックスを強要されたほうがましだった。あまりにも性格が悪すぎる。

「エスは完全にモノにするまでが一番大変だってことは、お前もよくわかってるだろう？　実際に運用できるようになるまで、何年もかかるのが普通だ。だが自分から刑事に近づいてきた宗近なら、きっと短期間で取り込める。大物すぎるかもしれんが、あの男は見逃せないぞ」

高崎の言うことは正しい。乱暴に言ってしまえば、エスを作ること自体が椎葉たちの仕事なのだ。エスの運用は捜査の手段ではなく、目的そのものに限りなく近い。本末転倒のような気もするが、それが現実だった。

エス工作の在り方は鵜飼《うかい》とよく似ている。鵜匠《うじょう》たちは鵜という渡り鳥を使って鮎漁《あゆりょう》を行うが、まずは鵜を飼い、訓練しないことには何も始まらない。椎葉たち捜査員も同じだった。自分で直接、川に飛び込んでいって、がむしゃらに動き回ったところで欲しい魚は捕れない。魚という名の情報を手に入れたければ、有能な鵜、すなわちエスを飼うしかないのだ。

わかっていても、どんな鵜を飼うのかは自分で決めたい。上から決められた相手と自分がこうと見込んだ相手とでは、向き合う姿勢も自《おの》ずと違ってくるものだ。

「なんとしても宗近奎吾を取り込め」

反応を返さない椎葉に、高崎が厳しい目を向ける。

「いいか、椎葉。これは命令だ。明日から早速、取り込み作業を開始しろ」

頷くしかなかった。不満があっても納得がいかなくても、上司の指示は絶対だ。椎葉に拒否権などありはしない。

5

取り込み作業の命令が下った以上、それに向けて動かざるを得なくなった。

椎葉《しいば》が最初に起こしたアクションは宗近《むねちか》の尾行だった。素性はすでに調査済だが、日常の暮らしぶりや趣味や嗜好《しこう》、借金や人間関係など、あらゆる面から探りを入れ、宗近を把握する必要があった。エス候補となる相手のことは、まずは徹底的に調べ上げなければならない。

宗近は表向きは普通の実業家にしか見えなかった。毎朝、定刻通りに出社して、夜は自宅に帰ってくる。もっとも職業柄、接待は多く、ほとんど毎日のように誰かと食事をしたり、酒を飲んだりしていた。ひとつわかったのは若頭補佐でありながら、暴力団関係者と頻繁には交流していないということだった。

尾行を開始してから十日が経過しても、特に変わった動きは見られなかった。これ以上、宗近を尾け回《つけまわ》していても、取り込み作業は進展しない。そうとわかっていても、あの男への直接的な接触は、どうしても気が進まなかった。仕事に私情を持ち込みたくないが、嫌なものは嫌なのだ。そんな自分に気が滅入《めい》る。個人的感情を優先している自分が、とんでもなく無能な男になったようで、ひどく情けない気分になってしまうのだ。

椎葉は自己嫌悪を抱きながら、その夜もいつものように宗近を見張っていた。場所は銀座《ぎんざ》八丁目にある高級クラブの前。面が割れているから中に入っていくことはできない。

周囲には多くの酔客もいるが、高級な店ばかりが軒《のき》を連ねる界隈《かいわい》なので、猥雑とした歌舞伎町の空気とはまるで違っている。同伴入店なのか美人ホステスと腕を組み、ビルの中に消えていく男たち。客の見送りのため、通りまで出てくる華やかな女たち。高級車やタクシーが、ひっきりなしに目の前を通り過ぎていく。

冬の寒空の下、人気のない雑居ビルの陰でどれくらい待ったのか、ようやく宗近が外に出てきた。ひとりではなく、今夜は若い女を連れている。ふたりの前に、鹿目《かなめ》の運転する黒いベンツが滑り込んできた。

椎葉は客待ちをしているタクシーに飛び乗り、運転手にベンツを尾けるよう頼んだ。宗近と女を乗せてベンツが走りだした。椎葉の乗ったタクシーも一定の車間距離を空けて続く。ベンツは昭和《しょうわ》通りから四〇五号線を経て、六本木通りへと入った。どうやら宗近のマンションに向かっているようだ。

高級クラブの美人ホステスをお持ち帰りとは、まったくいいご身分だな。そんな醒めた気持ちでベンツのテールランプを眺め続ける。だがあの女が宗近の愛人なら、何かの材料として活用できるかもしれない。素性はきちんと調べておく必要があった。

しばらくしてベンツは六本木にある宗近のマンションに到着した。地下駐車場へと吸い込まれていくベンツを見送ってから、椎葉もタクシーを降りる。そこは六本木ヒルズ南側に位置する外周通りで、周囲を見回すと少し先に公園があった。植え込みの陰に身を潜めながら、駐車場の入り口を見つめる。

女が帰るまで粘るつもりだったが、下手すれば朝まで待たなければならないかもしれない。椎葉は温かいコーヒーでも買ってこようと歩きだした。

だが数歩も進まないうちに、ポケットの中で携帯が振動した。表示されている着信のナンバーには見覚えがない。誰だろうかと不審に思いながら、椎葉はマンションを見据えたまま電話に出た。

「お前も飽きないな。いつまで俺を尾け回すつもりだ?」

宗近の声だった。慎重に尾行していたはずなのに気づかれていたらしい。おまけに教えてもいない携帯の番号も知られている。

「部屋まで上がってこいよ。来れば美味いコーヒーでも飲ませてやるぞ」

お前は何もかもお見通しの千里眼《せんりがん》か、と脱力しそうになった。

「じゃあな」

椎葉は切れた電話をポケットに戻すと、意を決してマンションの玄関へと向かった。警備員の誰何《すいか》とドアマンの挨拶を受け、入り口でインターホンを押す。エントランス内に設置されたフロントに繋がっているらしく、フロントのスタッフから訪問先の部屋番号と名前を尋ねられた。

中に入ることを許されてフロントの前を通り過ぎ、巨大なタペストリーがいくつも飾られた美術館のような廊下を進む。今度は入居者自身による来訪者のチェックが待っていた。インターホンで部屋番号を押すと、宗近の手によってオートロックが解除され、ようやくエレベーターに乗ることを許される。

静かに上昇していく高速エレベーターの中で、椎葉はわずかに緊張していた。エス候補としての宗近とは、これが最初の接触になる。距離を縮《ちぢ》める絶好のチャンスだ。

意気揚々となる状況のはずなのに、気が重い。理由は自分でもよくわかっていた。個人的な好悪の感情は別として、あの男をエスとして取り込むのは無理だと感じているからだ。

自分たち捜査員はエスと向き合う時、絶対に山側に立たなければいけない。なのに宗近に主導権を握らせている椎葉は、最初から谷側に身を置いてしまっている。これから優位な立場を取るためには、今の立ち位置を逆転させる必要があった。けれど、まだひっくり返せるだけの材料が何ひとつない。

宗近の部屋の前に立ち、椎葉は目を閉じて気持ちを落ち着かせた。今はとにかく宗近をよく知り、エスとして運用できる可能性を探っていくしかないのだろう。

インターホンを押すと、宗近がすぐに顔を覗かせた。ラフなセーターとジーンズに着替えているせいか、いつもより若々しく感じられる。

玄関に入ってから素早く足許に視線を落としたが、女性の靴は見当たらなかった。

「一緒にいた女は？」

「鹿目が送っていった」

ではベンツは地下駐車場で宗近だけを降ろしたということか。しかしそれも納得がいかなかった。普通なら、まず先に女性を送っていくはずだ。椎葉が指摘すると、宗近はどこかセクシャルな色香を感じさせる笑みを浮かべた。

「本当はあの女と朝まで楽しむつもりだったが、途中で気が変わったんだよ。ずっとひとり寂しく見張ってなきゃいけない、お前が可哀想になってな」

「恩着せがましいことを言うな。どうせデリカシーのない発言でもしてふられたんだろう」

話しながらリビングに入る。キッチンに姿を消した宗近が、コーヒーサーバーとふたつのコーヒーカップを持って現れた。

「飲めよ。温まるぞ」

素朴な土味をしたシンプルなデザインのカップに、宗近がたっぷりとコーヒーを注ぎ入れた。琥珀《こはく》色の液体からは、たまらなくいい香りが漂ってくる。すぐには手を伸ばさないでいると、宗近が「警戒してるのか？」と不機嫌そうに口元を歪めた。

「変なものなんか入っちゃいないぞ」

証明するように自分のカップに口をつける。別にそういうことを疑っていたわけではないが、どこか拗ねたような顔つきをしている宗近が面白くて、椎葉は「どうだかな」とやり返した。

「お前は信用ならない」

「じゃあ、飲むな」

「飲む。食べ物は粗末にしない質《たち》だ」

やっと椎葉がカップに手を伸ばすと、宗近はふんと鼻を鳴らした。

「最初から素直に飲めばいいものを。せっかくの美味いコーヒーが冷めちまうだろう」

確かに宗近の淹《い》れたコーヒーは、下手な喫茶店で飲むものより遙《はる》かに美味かった。いい豆を使っているのだろう。

「……どうして俺を尾行する。まさか、俺に惚れたのか？」

宗近のくだらない質問に、椎葉は冷ややかな目で応酬した。

「馬鹿か。俺が女だったとしても、お前にだけは惚れたりしない。寝言は寝てから言え」

とりつく島もない返事に、宗近が嫌そうな顔をする。

「きれいな顔をしてるくせに、口の悪い男だな」

「もっと言ってやろうか。お前は男の自慰行為を見て興奮する変態だ。本当はインポなんだろう？　ご自慢のマグナムも発射できないただのお飾りなら、宝の持ち腐れだな」

言いながら、冷静なもうひとりの自分が「やめろやめろ」と喚いていた。エスとして取り込むべき相手を怒らせてどうする。お前はどこまで無能なんだ。

しかし宗近は怒るどころか吹き出した。膝を叩いて受けている。ホッとした反面、笑わせるつもりなどなかった椎葉にすれば、全然可笑しくもない。

「俺のマグナムがオモチャか本物か、お前の身体で確認してみろよ。なんなら、帰した女の代わりに、お前を抱いてやろうか？」

「帰る」

ソファーから立ち上がりかけると、宗近に「待て待て」と腕を掴まれた。

「冗談だよ。ったく、怒りっぽい奴だ。俺は素人男の尻を狙うほど、抱く相手に不自由してない。まあ、お前が相手なら少しは楽しめそうだがな」

どこまで本気でどこまで冗談なのかわからない。本当に食えない男だ。

「――宗近。お前は俺を刑事と知っていたのに、なぜ馬《マー》の情報を与えた？」

「やぶからぼうになんだよ」

「お前は本気で俺をどうにかしたいなんて、思っちゃいないんだろう。俺に変な取引を持ちかけたのも、情報を与えるための口実にすぎなかった。違うか？」

「どうしてそう思う」

「俺に馬の情報を教えれば、馬は当然、警察に逮捕される。松倉組《まつくら》は台湾マフィアの人間に手を出せないから、それがお前なりの報復手段だった。そうなんだろう」

椎葉の推測に宗近が「ちょっと違うな」と反論した。

「確かに馬のことはどうにかしたいと思っていたが、ただパクらせたいだけなら、警察にタレコミの電話をかけりゃ済む話だ。俺が取引を持ちかけたのは、やっぱりお前自身に興味があったからさ。安東《あんどう》を情報屋として利用していたデカは、一体どんな男なのかってな。取引の成果は十分にあった。ただきれいなだけのお嬢ちゃんかと思っていたが、思ってた以上にお前は優秀だったよ。……特にあのオナニーショーでよくわかった」

顔が強ばった。納得ずくでやったこととはいえ、できるなら記憶から消し去りたい忌まわしい出来事だ。誉められても、ただ不快なだけだった。

「怒るなよ。あれはあれで、お前の本質を知ることができるチャンスだったんだ」

「何が本質だ。あんな変態じみた行為で俺の何がわかる」

「わかるさ。相手が恋人だったり、見られたいと望む相手の前でなら、自慰もできるだろう。だがお前は俺に対して強い反感を持っていた。とても見られて興奮できるような精神状態じゃなかったはずだ。なのに途中から俺の言葉を受け入れて、自分を奮《ふる》い立《た》たせていただろう？　気持ちの切り替えもたいしたもんだし、少しもセクシャルな気分じゃない自分をコントロールして、ちゃんと射精まで持っていった想像力と集中力にも驚きだ。実を言えば、勃ちさえしないと思っていたよ」

椎葉はすかさず「深読みしすぎじゃないのか？」と切り返した。誉め言葉であれなんであれ、あんな行為を通して自分という人間を客観的に分析されるのは癪《しゃく》に障る。

「単に俺が言葉責めに弱い、色呆けした男だったという可能性もあるだろ」

「それはそれで、そそられるがな。言葉ひとつで欲情してくれるなら楽でいい。今度、家に電話してやろうか？　テレフォンセックスの相手になってやるよ。また俺の声で気持ちよく達ってみたいだろう。どうだ。んん？」

馬鹿馬鹿しい。やはりこの男は根が低俗なのだ。そう思いながら、椎葉はソファーから立ち上がった。そろそろ退散しないと、またおかしなことになるかもしれない。

「もう帰るのか？」

「ああ。……一応、礼は言っておく。馬の情報を流してくれて助かった。ありがとう」

宗近は何も言わない。黙って椎葉の顔を見つめているだけだ。居心地の悪い沈黙に耐えかねた椎葉が、顔を背けて一歩を踏み出した時だった。

「事実を知って楽になれたか」

後ろから飛んできた声に足を止めた。宗近の言葉はようやく凪《な》いだ水面に投げられた小石だった。椎葉の心に幾重《いくえ》もの波紋が広がっていく。

「……なんのことだ?」

ざわめく心を押し隠し、椎葉はゆっくりと振り向いた。宗近はソファーの背もたれに片肘を乗せ、椎葉を見ている。感情の読めない静かな瞳に、わけのわからない不安が芽生えた。

「安東が自分のせいで死んだんじゃないとわかって、ホッとしたのかって聞いてるんだ」

胸を突かれたような強い衝撃を受け、すぐには言葉が出てこなかった。

「俺は最初、お前が安東の女だと思っていた。だから必死で安東を殺した犯人を知りたがっているんだと、勝手に考えた。けど、お前にとって安東はただの情報屋にすぎなかった。いなくなったところで、少し困る程度の存在でしかなかったってことだろ。安東も哀れなもんだな。自分が死んでも、惚れた相手は泣いてもくれないとは――」

「黙れっ」

叫ぶようにして、聞きたくない言葉を遮った。安東と自分の関係を、他人に訳知り顔で語られたくはない。

「それ以上言うな……っ」

「図星を指されて悔しいのか？」

確かに安東殺害が自分のせいではなかったことを知り椎葉は安堵した。それは紛れもない事実だ。けれど自分にとって安東がどういう存在だったのかまで、勝手に決めつけられたくはない。

「お前に何がわかるっていうんだ！……っ。安東を失った俺がどんな気持ちでいるのかなんて、何も知らないくせに……っ」

安東の危機に少しも気づいてやれなかったという後悔の刃《やいば》は、今もなお椎葉の胸に深々と突き刺さっていた。わざと見ないふりで無視し続けていたのに、まだジクジクと疼《うず》いている心の生傷を、宗近は無遠慮に引っ掻き血を流させる。その痛みに感情を揺さぶられ、椎葉は平静さを保っていられなくなった。

「お前なんかに、お前なんかに何がわかる――……っ」

乱れすぎた感情が涙腺を刺激したのか、椎葉の目尻にうっすらと涙が浮かんできた。だが宗近に涙など見せたくはない。これ以上弱みをさらすことは、我慢ならなかった。

咄嗟に身体を反転させ玄関めがけて歩きだしたが、いくらも進まないうちに後ろから羽交《はが》い締《じ》めにされてしまった。

「待てよ。まだ話は終わってない」

「お前と話すことなんて何もないっ」

いくら暴れても宗近の腕を振りほどくことができない。歴然とした力の差を見せつけられたようで、余計に悔しくなった。

「離せっ。離さないと蹴り上げるぞっ」

憤怒《ふんぬ》の感情を露にして、振り向きざまに宗近を激しくにらみつける。椎葉の濡れた黒い瞳は、激情を物語るように爛々《らんらん》と煌《きら》めいていた。

不意に腰を抱かれ、宗近の胸深くに引き寄せられた。

「……いい目だ。やっと仮面が外れたな。そういう顔が見たかったんだよ。おきれいに取り繕った顔じゃなく、お前の激しい内面が透けて見える、そんな顔が」

囁くような声で言ったかと思うと、宗近は椎葉を壁に押さえつけ、激しく口づけてきた。突然、唇を奪われ混乱した椎葉は、ろくな抵抗もせず舌の侵入を許してしまった。

「……ん…ぅ……っ」

強引に入り込んできた宗近の肉厚な舌に、息さえできないほど中を乱暴に犯され、何がなんだかわからなくなる。

「やめ……っ」

制止の声を上げようと口を開いた瞬間、宗近が角度を変え、さらに深く唇を合わせてきた。

これ以上ないというほど、奥まで舌が入ってくる。口蓋《こうがい》を舐められると、得体の知れない感覚に背筋が震えた。他人にそんな場所を触れられたことはなかった。生まれて初めての経験に、そこが驚くほど敏感な場所であることを思い知らされる。

途切れることなく続くキスは、今まで味わったことがないほど激しく濃厚で、嫌悪感を感じる余裕さえなかった。ただ男の熱い舌の動きに翻弄《ほんろう》され、感覚を追うことしかできない。逃げても逃げても追いかけてくる唇。頭の芯がジンと痺れていく。

「……このまま抱いてやろうか?」

ようやく唇を離したかと思うと、今度は甘い声で囁いてくる。椎葉は必死で乱れた息を整え、自分を取り戻そうと努めた。相手のペースに呑み込まれてはいけない。冷静になれ。

「男には、興味がなかったんじゃないのか?」

「言っただろう。お前は例外だ」

椎葉の手を引き、宗近が寝室へと歩き始めた。椎葉は迷っていた。別に今のキスで、その気になったわけではない。宗近をエスとして取り込むための方法として、果たしてセックスが有効な手なのかどうかを考えていたのだ。一度は抱かれることも覚悟した相手だ。今さら拒んで、宗近を取り逃がすようなことはしたくない。

仕事と割り切れば、大抵のことは我慢できる。公安の捜査員たちも必要とあれば、組織の情報を知る女性に色仕掛けで接近し、男女の関係を軸に取り込み作業を行う。自分の場合はたまたま

相手が男だった。それだけのことだ。

　問題なのは宗近にとって自分が、毛色の変わった珍しいオモチャにすぎないということだった。ここで寝ることが吉と出るか凶と出るか、その見極めが難しかった。

　悩んでいるうちに寝室へと連れていかれ、キングサイズのベッドに押し倒された。スプリングがかすかに軋み、椎葉の身体は生成のシーツの上に深く沈み込んだ。

「急に大人しくなったな。さっきのキスがそんなによかったのか？」

　椎葉の上体に身体を重ねながら、宗近が優しい手つきで髪を撫でてくる。

「……ああ。よかったな。よすぎて腰が砕けそうだった」

「どうした。やけに素直じゃないか。気持ち悪いぞ」

　宗近の首に両腕を回し、椎葉は甘えるように囁いた。

「しょうがないだろう。本当によかったんだから。あんなすごいキス、初めてだった。すごく感じたよ。だからお前が欲しくなったんだ。男は初めてだけど、お前ならいい……」

　セックスで懐柔《かいじゅう》できるなら安いものだ、と思いながら、椎葉は宗近を自分のほうに引き寄せた。安東には決してできなかったことも、なぜか宗近には醒めた気持ちでできる。きっと宗近との間に、なんの心情的繋がりも存在していないからだろう。ビジネスライクにするセックスなら感情は乱されずに済む。

唇を重ねようとして、宗近が笑っていることに気づいた。

「何が可笑しい？」

「いや。たいしたタマだと思ってな。……椎葉。セックスで俺をモノにしようとしてるなら無駄だ。先に教えておいてやる」

「……なんのことだ」

とぼけながら目をそらせると、宗近が大きな両手で頬を挟み込んできた。至近距離で視線を捉えられてしまう。

「お前、俺を安東の代わりにしようと思ってるんだろう？　けどな、俺は安東とは違う。お前に撫で撫でされたくて、せっせと情報を運んでくるような健気な真似はしないぞ。それを承知した上で、俺に抱かれるんだな」

椎葉は心の中で舌打ちした。すべて見抜かれていた。こうなってはセックスでの取り込みは失敗だ。椎葉は宗近の胸を押して、勢いよく身体を起こした。

「どうした。やらないのか？」

「なんの得にもならないのに、どうしてお前と寝なくちゃいけない？　やり損だ」

ベッドから下りた椎葉を見ながら、寝ころんだ姿勢で宗近がまた笑う。

「やっぱり色仕掛けで俺を釣るつもりだったのか。お前、自分の身体にそれだけの価値があると思ってるのか？」

冷ややかに馬鹿にされて、顔がカッと熱くなった。

「やっぱりお前はインポの変態野郎だ。一生ひとりでオナッってろっ」

椎葉の捨て台詞に宗近が肩を震わせている。すべて無視して寝室を飛び出した。

悔しい。悔しくてたまらない。けれど何よりも、情けない自分自身に一番腹が立つ。どうしてあの男の前では冷静さを失ってしまうのか。

「おい」

玄関で靴を履いていると、後ろから声をかけられた。振り向くのと同時に何かが飛んできたので、咄嗟に手を出して摑んだ。

「やるよ」

手を開くと鍵があった。鍵は少し変わった形をしている。

「この部屋の鍵だ。インターホンの前でキーリーダーにかざせばドアが開く。エレベーターも同じだ。キーをかざすと、ボタンを押さなくても自動的にこのフロアまで上がってくる。目的のフロア以外では降りられないようになっている」

それは手で摘む部分にＩＤチップが埋め込まれた、ノンタッチキーと呼ばれるものだった。鍵穴に差し込む部分はピッキングに強いだけでなく、複製も困難と言われるディンプルキーが使用されている。

確か玄関のドアは鍵穴がふたつあるダブルロックだったはずだ。ダブルロックにダブルオートロック、防犯カメラ、警備員とフロントスタッフによるチェック。セキュリティーのすごさには感心するばかりだった。

もっとも、このマンションで一番いい部屋は、家賃が月四百万を越えると聞いたことがある。これくらいは当然なのかもしれない。

「俺に鍵なんか渡して、なんのつもりだ?」

「尾行なんてまどろっこしい真似はしないで、用があるならいつでも来ればいい。お前に見られて困るようなことは、何もないからな」

「女とお楽しみの最中に入ってこられてもいいのか」

「ああ。構わないさ。その時は三人で楽しもうじゃないか」

言い返す気力も湧かず、椎葉は黙って鍵をポケットに入れた。こんな鍵なんているか、と突き返せればいいのだが、これからのことを考えるとそうもいかない。

冷めやらない怒りを胸に燻《くすぶ》らせたまま、椎葉は憮然とした顔で玄関のドアを開けた。

足早に廊下を歩いていて、自分の身体から漂ってくる甘い香りに気づいた。宗近の使っている香水の香りだった。

まとわりついて離れない残り香は、まるで別れてもまだ椎葉の心の中に居座っている、憎たらしいあの男そのもののようだった。


椎葉は久しぶりに姉の夢を見た。

夢に現れた由佳里《ゆかり》は、黙々と手を動かして編み物をしていた。椎葉が何を編んでるのか尋ねると、由佳里はほとんどできあがった状態のものを持ち上げて見せてくれた。

『赤ちゃんの帽子《ぼうし》。可愛いでしょ？』

由佳里が幸せそうな顔で言った。寒い時季に生まれてくる我が子のために、由佳里は帽子を編んでいたのだ。まだお腹《なか》は大きくなっていないが表情はすでに母親のものだ。

夢とわかっていても、椎葉の胸はやりきれない悲しみに満ちていく。由佳里は死んだ時、そのお腹に五か月になる赤ちゃんを授かっていた。小さな命は儚《はかな》くも、母親の命と一緒に失われてしまったのだ。

『昌紀《まさき》。英之《ひでゆき》さんが心配してたわよ。試験は大丈夫なの？』

『大丈夫だよ。ちゃんと合格してみせるから』

夢の中の自分が力強く答えた。絶対に警察庁に入ってみせる。その決心の裏には義兄のようになりたいという気持ちと同時に、少しでも由佳里が肩身の狭い思いをしなくて済むように、という願いも隠されていた。

篠塚《しのづか》と由佳里が結婚する時、家柄が釣り合わないと、篠塚の実家からはあまりいい顔をされなかったのだ。嫁いだ後も何かにつけ、育ちが違うというような嫌みを言われ続けていることも知っていた。篠塚はいつも由佳里の味方だったが、何を言われても黙って耐えている姉が椎葉は不憫《ふびん》で仕方がなかった。だから自分が篠塚と同じようなキャリアになることで、少しでも姉への風当たりがやわらげば、と思っていたのだ。

由佳里は両親が死んだ後、親代わりとなって椎葉の面倒を見てくれた。誰にでも自慢できる優しい姉だった。篠塚は多忙だったが、由佳里をとても大事にしていた。あの頃、温かいふたりの家庭に遊びに行くのは、椎葉にとっても何より楽しいことだった。

『あら、もうこんな時間ね。私、今日は定期検診の日なのよ』

椎葉は驚いて、反射的に『駄目だっ』と叫んでいた。

『行っちゃ駄目だ』

『なあに？　急にどうしたのよ。おかしな子ね』

由佳里が笑って立ち上がった。椎葉は引き留めようと手を伸ばしたが、急に由佳里の身体は実体をなくし、椎葉の手からすり抜けていく。

産婦人科での検診の帰り道、由佳里はあの忌まわしい事件に巻き込まれたのだ。あの時、出かけてさえいなければ、殺されてしまうこともなかった。

『待って、姉さんっ。行かないで……っ』

すでに消えてしまった姉に向かって叫んだ瞬間、唐突に夢から覚めた。

椎葉は両手で顔を覆い、震える息を吐き出した。寝汗で身体中がじっとりと湿っている。時計を見ると、まだ十一時を過ぎたばかりだった。珍しく早くベッドに入ったので、変な時間に目が覚めてしまったのかもしれない。

身体を起こした時、家の電話が鳴った。闇の中で電話のディスプレイ部分がオレンジに光っている。ぼんやりと光を見ていたが、我に返り受話器に手を伸ばした。

相手は篠塚で、用件は来年の試験をどうするのかという内容だった。断るつもりでいたのに、椎葉の口から出たのはなぜか違う返事だった。

「すみません。返事はもう少しだけ待ってもらえませんか」

「そうか。わかった。君の進路だから、よく考えればいい。……昌紀。君は新宿周辺にいることが多いんだろう？　私もしばらく新宿通いなんだよ。都庁に用事があってね」

「例のテロ訓練の打ち合わせのためですか？」

「ああ。これが警視庁での、私の最後の仕事になるかな」

都庁と警視庁と消防庁は、年明け早々に合同で大がかりな化学テロ訓練を行うことになっていた。公安部には生物化学兵器テロに対応するNBCテロ捜査隊が設置されている。訓練の場では彼らが中心的役割を果たすはずだ。

「明日も会議があって都庁に行くんだよ。よかったら、どこかで待ち合わせて夕食でもどうかな」

「……すみません。明日はちょっと予定があって」

本当は用事などないが、今は篠塚に会いたくなかった。

「そうか。じゃあ、また今度にしよう。寒くなってきたから、風邪をひかないように」

「はい」

電話を切った後、椎葉は疲れた気分でベッドに横たわった。

今さらキャリアとして働きたいとは、露《つゆ》ほども思っていないはずなのに、どうしてはっきりと断らなかったのだろうか。ひょっとすると、刑事という仕事を続けていくことに、迷いが芽生えているのかもしれない。このままでいいのか、という今の自分自身に対する懐疑《かいぎ》的な気持ちの存在は否めなかった。

喉が渇く。起き上がって冷蔵庫に向かい、ミネラルウォーターのペットボトルを取り出した。かすかに聞こえる冷蔵庫の低いモーター音を耳にしながら、ペットボトルに口をつける。冷たい水が渇いた喉を通り、鳩尾《みぞおち》へとゆっくり落ちていく。けれど一滴残らず飲み干しても、渇きはいっこうに治まらなかった。

渇いているのは身体ではなく、心なのだろうか。いつからか椎葉は自分の中に、砂漠のような寂寞《せきばく》とした光景を漠然と感じていた。生きるものもなく、ただ赤茶けた砂だけで埋め尽くされた世界だ。その光景は果てなく広がり続け、内側から椎葉を干からびさせていく。

再びベッドに戻り、椎葉は目を閉じた。いつまで待っても眠りは訪れてくれず、苛々しながら寝返りを打つ。ふと枕元に置いてあった携帯が目にとまった。椎葉は手を伸ばして、二つ折りの携帯を開いた。

着信履歴に残っていた番号を見つめる。まだ携帯のアドレス帳に登録されていない番号だ。少しの間、無機質な数字の羅列を眺めてから、椎葉は通話ボタンを押した。

「……はい」

男が電話に出た。何も言わないでいると、「椎葉だろ?」と聞かれた。それでも無言のまま、椎葉は携帯に耳を押し当てている。

「黙り込んでないで声を聞かせろよ」

「——奥さん、何色のパンツ穿《は》いてるの」

棒読みで悪戯電話の決まり文句を言ってやると、電話の向こうで宗近の笑う気配がした。

「芸がないな。もっと気の利いたことを言ってみろ」

「別にお前を楽しませるために言ったんじゃない」

「俺はいつも退屈してるんだ。刺激に飢えている。お前はいい退屈しのぎだよ」

人をパンダみたいに言うな、と思いつつも、宗近の言葉に納得している自分がいた。宗近という男はいつも醒めた目をしている。かといって、投げやりというのとも少し違う。傲岸な態度で周囲を威圧しながらも、時折、何もかもに絶望しているような、強い愁《うれ》いを帯びた顔を見せるのだ。無表情な時も笑っている時も不機嫌な時も、彼の目はどこか暗く翳《かげ》っている。

「せっかくだから、するか」

「何を？」

「テレフォンセックス」

宗近が当然のように答えるので、思わず苦笑してしまった。

「するわけないだろう」

「じゃあ、なんで俺に電話してきた？」

そう聞かれ、返答に困る。今は頭の中に仕事のことはなく、電話をかけたのも取り込み作業の一環ではなかった。

「ああ、そうか。俺の声が聞きたかったのか。独り寝が寂しいなら今から来いよ。この前の続きをしてやる。朝までたっぷり可愛がってやるぞ」

「遠慮しとくよ。言っただろ？　なんの得にもならないのに、お前と寝たりしないって」

「得ならあるだろう。気持ちよくなれるんだから。……まあ、その気になったら、いつでも俺のベッドに忍び込んでこい」

「百年待ってもそんなことは起こらないから、ひとりで朝まで熟睡してろ。じゃあな」

くだらないやりとりだったが、おかげで少し気分が軽くなった。

「おい、待て――」

何か言いかけた相手を無視し、椎葉は微笑を浮かべ一方的に電話を切った。

6

林英和《リンヨンファ》が中国から日本に戻ってきた。

椎葉《しいば》は早速、林に連絡を入れ、会う約束を取りつけた。林が待ち合わせ場所に指定してきたのは、新宿にある高層ホテルの中のチャイニーズレストランだった。

午後二時、椎葉はホテルの十九階に向かった。レストラン内に入ると、新宿御苑《ぎょえん》が見下ろせる広い個室へと案内された。

待ち合わせの時間より五分ほど遅れて林が現れた。安東《あんどう》から聞いていた通り、見た目はごく普通のビジネスマンのようだ。年の頃は四十歳前後。中肉中背で、温厚そうな顔立ちをしている。

「初めまして。柴野《しばの》と申します。今日はありがとうございます」

「林です。お目にかかれて嬉しいです。……安東社長、本当にお気の毒でした。お話を伺って、びっくりしましたよ」

少しイントネーションに癖はあるが、流暢《りゅうちょう》な日本語だった。日本に来て十年ほどになると安東は言っていた。

「私も残念でなりません。彼はいい友人でしたから」

「でも犯人はもう捕まったということで、安心しました」

運ばれてきた料理を囲みながら、しばらくは安東のことを話し合った。林は安東をいい取引相手になると見込んでいたのだろう。しきりに安東の急死を嘆いていた。

「安東社長を殺したのは台湾人マフィアだと聞きましたが、最近は中国人の犯罪が増えて、私もとても悲しいです。でも日本の警察も悪いね。向こうでは窃盗《せっとう》でも強姦でも、下手したら死刑になる。それに比べ日本は犯罪に甘い。彼らは日本ほど、お金を稼ぎやすい国はないと思ってますよ。道ばたにお金は転がってるし」

「道ばたに？」

「そう。自販機、キャッシュディスペンサー。いろいろあるでしょ？　中国から来る犯罪者にすれば、日本は天国なんです。刑務所だってホテルみたいなもの。だから強制送還されても、またやってくる。彼らにはお金を稼ぐこと、何より大事ね。中国には痴情《ちじょう》のもつれでの殺人や、心中事件はほとんどないです。愛などなくても生きていけるけど、金はないと生きていけない」

「林さんも日本にはビジネスでいらしたんでしょう？　お仕事のほうはどうですか」

「おかげさまで、それなりにね。といっても私の会社、実際は国営みたいなものなんですよ。出資が全額中国政府だから。ああ、これはここだけの話ね。だから社長といっても、給料はたいしたことないです」

椎葉は林の言葉に違和感を覚えた。国営企業がなぜ民間を装うのだろうか。

「じゃあ、林さんは公務員なんですか?」

「そんなようなものです。それより、柴野さんは相当なガンマニアらしいですね」

林が探りを入れてくる。椎葉は気を引き締めた。ここからは慎重にいかなければならない。

「ええ。好きです。もちろん本物もね。海外に出た時は、よく射撃もします」

「そうですか。……安東社長から、例の話は聞いてますか?」

「はい。とても興味があるので、一度直接お会いして、実際のところを教えていただきたかったんです」

林が満足げに頷き、傍《かたわ》らに置いてあったアタッシェケースを取り出した。料理の皿をどけ、テーブルの上に置いて留め金を外す。口を大きく開けたかと思うと、林はアタッシェケースをくるりと回転させ、椎葉のほうに向けた。

「すぐにご用意できるのはこういうものですが、ご希望なら他のも大丈夫です」

椎葉は小さく息を呑んだ。ケースの中には三丁の拳銃が並べられている。いきなり実物を持ってくるとは予想外だった。紳士然とした風貌とは裏腹の、林の剛胆な神経を垣間《かいま》見た気がした。

三丁はそれぞれ種類の違う拳銃だが、どれもグリップに星のマークが象《かたど》られているので、すべて中国製の拳銃だということはわかった。ひとつはトカレフでもうひとつはマカロフ。だが、あとひとつがなんなのかわからない。他の二丁よりかなり小型の拳銃だ。

「……これは、なんていう銃ですか？」

「これは七七式ね。柴野さんも知ってると思いますが、普通のオートマチックは最初の弾をチャンバーに装填《そうてん》するために、手動でスライドを後ろに引く操作をしないといけないでしょう。でもこの七七式はここのトリガー・ガードを指で引くとスライドが連動する仕組みになってるから、全部片手で操作できる。そこが一番の特徴です。中国で党の幹部や上級将校の護身用、それに公安警察が使うために開発された小型拳銃です」

では通常は海外に出回ることがない拳銃ということになる。椎葉は林という人間がますますわからなくなった。中国政府出資の会社で社長を務め、裏では拳銃の密売も行う男。背後には一体、どんな組織が存在するのだろうか。

「林さん。これらはどうやって日本に持ち込まれたのですか？」

「それはちょっとはっきりとは言えませんけど、私は領事館に知り合いがいましてね。ほら、外交官パスポートを持ってる人は検閲《けんえつ》がないから。荷物もノーチェックね」

林が適当な言葉で質問をかわす。外交官が拳銃の運び屋というのは、すぐには信じられなかった。だが、あまり深く追及すれば警戒されてしまう。椎葉は話題を変えた。

「値段はどれくらいになりますか」

「そうですね。柴野さんは安東社長のお友達だから、お安くさせてもらいますよ。これでどうですか？」

林が人差し指を一本立てた。真性拳銃とはいえ、一丁百万円は相場からいえば少し高い。椎葉が迷っている素振りを見せると、林は「決して高い買い物ではないと思いますよ」とにこやかに話しかけてきた。

「こちらの五四式のトカレフなんか、素晴らしいね。ロシア製と違ってバレルにはハードクロムメッキが施されてるから、強度と耐性は抜群で、十万発の実射にも耐用できる優れものです。それに弾や部品が必要な時は、いつでも私に言ってくだされば、すぐに本国から運ばせますよ」

通常、密輸された拳銃にアフターサービスなどない。どうやら林は客の要望に応じた品物や部品をすみやかに調達できる、特殊な密輸ルートを持っているらしい。となると外交官特権を利用した密輸という話も、信憑性《しんぴょうせい》を増してくる。

「それは有り難いですね。でも少し考えさせてくれませんか。林さん、どうかまた、近いうちにお酒でもご一緒させてください」

林は脈ありと踏んだのか、愛想よく引き下がった。

「では、今度は部屋を取っておきますから、そこでゆっくりお話ししましょう。……ああ、そうだ。これをお渡ししようと思っていたのに、すっかり忘れていました」

林が傍らに置いていた紙袋から、小さな布箱を取り出した。中に入っていたのは、繊細な細工が施された香炉《こうろ》だった。

「これは安東社長へのお土産《みやげ》にと思って、中国で買ってきたものです。代わりにといってはなんですが、もらっていただけませんか？」

「ですが、高価なものなんでしょう。私なんかにはもったいないです」

捜査対象者から不用意に金品は受け取れない。遠慮する素振りで辞退したが、林はにこやかに香炉を差し出してきた。

「安東さんのお友達の柴野さんに、ぜひ受け取っていただきたいんです。お願いします」

「……そうですか。では、お言葉に甘えて」

林の心証を損ねるわけにもいかず、椎葉は恐縮した様子を見せながら布箱に手を伸ばした。香炉は白みがかった淡い緑色の石でできていて、木製の台とセットになっている。

「これは翡翠《ひすい》ですか？」

「ええ。中国では白やうすい緑色の翡翠は玉石《ぎょくせき》と呼ばれ、昔から邪気《じゃき》を払い、身近に置いておくと長寿延命を保つとも言われています。その玉刻香炉はひとつの玉石から彫られた、珍しい美術工芸品なんです。ぜひお部屋に飾ってください」

食事が終わり、ふたりはレストランを出た。

「林さんはどこの生まれですか？」

「私は福建《フージェン》です」

「そうですか。華僑《かきょう》の多くは福建からの移住者の子孫だといわれてますよね」

「はい。福建は昔から海上貿易が盛んで、海外に移住する者が多い地域なんですよ。最近は福建マフィアなんていう言葉で有名になってますがね。迷惑な話です」

確かに福建省は蛇頭《じゃとう》による日本への集団密航の出航地と、出稼ぎピッキング窃盗団の出身地としても有名になった。蛇頭は欧米ではスネークヘッドと呼ばれる組織で、世界的な規模で広がる人的ネットワークを使い、密航者の勧誘、搬送、偽造旅券の調達や不法就労の斡旋などを行っていると言われている。

「あちらでは誰でも銃を手に入れることができますか？」

「いえいえ。基本的に所持が認められているのは、軍人や公安部、あとは高級官僚などの特権を持ってる人間だけです。銃器の取り締まりは日本以上に厳しい。毛沢東《マオツェートン》の『権力は銃口から生まれる』という教えに倣《なら》っているからです。国家が政権を守るためには、決して国民に銃を与えてはいけないのです」

つまり中国マフィアであっても、本国で取り扱いが厳しく制限されている拳銃を、現地で大量に調達するのは難しいということだ。林の背後にあるのは、ひょっとすると何かしらの国家権力を有する組織なのではないだろうか。

ロビーで別れの挨拶をかわしていると、林が突然、椎葉の背後に向かって「ああ」と声を上げた。振り向いて、心臓が止まりそうになった。

「宗近《むねちか》さん！　偶然ですね」

「……これはこれは。林社長じゃないですか。お久しぶりです」

愛想のいい笑顔で近づいてきたのは、宗近奎吾《けいご》だった。前髪をきっちりと撫でつけているせいか、今日はいつもより堅い雰囲気がある。すっきりとした濃紺のチョーク・ストライプ柄のスーツが、長身の身体によく似合っていた。エリート然とした、有能なビジネスマンのようだ。

まさかこんなところで宗近と会ってしまうとは……。椎葉は拳を握り締めた。タイミングが悪すぎる。ここで林に刑事であることが知られてしまったら、すべてが台なしだ。

「こちらこそ、すっかりご無沙汰してしまって。また近いうち、一緒にお食事でも」

「ええ、ぜひとも。……では連れが待ってますので、失礼します」

宗近は椎葉には目もくれず、エレベーターホールへと歩きだした。後ろ姿を見送って、椎葉は心の中で盛大な溜め息をついていた。

出口に向かいながら、それとなく探りを入れてみる。

「さっきの方は、お仕事関係のお知り合いですか？」

「ええ。取引先のエムズコーポレーションという会社の社長さんです。まだお若いのに、なかなかのやり手でしてね。性格も豪快で楽しい方です」

宗近とは表の仕事でつき合いがあるらしい。だが、どちらも臑《すね》に疵《きず》を持つ男だ。裏でも何か関係があるのかもしれない。

「……じゃあ、柴野さん。私はこれで」

林が右手を差し出してきた。椎葉も手を出して握手する。林は握った手に力を込めると、そっと顔を近づけてきて「いいお返事、お待ちしてますよ」と笑った。

なんとしても林と組織の正体を暴きたい。どうやって情報を探っていけばいいのか考えながら、新宿駅に向かって歩いていると懐《ふところ》の携帯が鳴った。着信表示に出ている携帯のナンバーに見覚えはなかったが、なんとなく見当はついていた。

「もしもし」

「今ひとりか？」

ついさっきすれ違ったばかりの男だった。

「そうだ。なんの用だ」

「俺に借りがひとつできたな」

言いたいことの察しはついたが、「何が？」と一応、とぼけてみる。

「さっき俺が『やあ、椎葉刑事。今日も元気に捜査してるのか』って挨拶してたら、困ったことになったんだろう?」

「くそったれ」

「だからきれいな顔に似合わない言葉は使うなって。暇な時に家に来いよ。それで借りはちゃらにしてやるから」

楽しそうな宗近の声に「勝手に決めるな」と答えて携帯を切った。恩着せがましい発言には腹が立ったが、宗近が椎葉を無視してくれたおかげで、助かったのも事実だった。そのことには椎葉も感謝するしかなかった。

椎葉は電車に乗り、渋谷へと向かった。例のマンションで高崎《たかさき》と落ち合い、林との接触状況を報告する予定になっているのだ。

高崎は先に到着していて、椎葉を待っていた。最初は期待に満ちた顔つきをしていた高崎だったが、今日入手した情報をすべて話し終えると、急に渋い表情になった。

「林は一体何者なんだ。外交官を運び屋にしてるなんて、胡散臭《うさんくさ》すぎる。しかも政府出資のダミー会社だと? わけがわからん」

「係長。……次の接触で一丁購入させてもらえませんか?」

椎葉の買い取り捜査の申し出に、案の定、高崎の顔は険しさを増した。

「おとり捜査は駄目だ。まだ林に関しては人定《にんてい》作業が済んでない。あとで適正捜査の面で上から叩かれる可能性もあるからな。もう少し接触を繰り返して、情報を引き出しながら時間を保たせろ」

椎葉は「ですが」と食い下がった。悠長に構えていて、もし逃げられでもしたらかなわない。

「あんまり買い渋っていると怪しまれます。とりあえず、売買の事実だけでも先に作っておかないと、逃げられた時に――」

「駄目だ。もしも本当に林のバックに領事館や政府関係者がいるとしたら、面倒なことになる。芋《いも》づる式で引っ張れる相手じゃないだろう？　下手すれば外交問題に発展するぞ。まず上に報告して判断を仰ぐから、それまで絶対に勝手なことをするな。いいな、椎葉」

断固たる口調の高崎に頷くしかなかった。確かに林には謎が多すぎる。どう考えても簡単にはいかない相手だ。だが現実に拳銃を所持し、そして密売している。証拠となる実物を、一刻も早く押さえておきたかった。

それにこれは、安東がエスとして与えてくれた最後の情報なのだ。どんなことがあっても無駄にはしたくない。林だけではなく、背後にある組織も押さえないと意味がない。

「ところで宗近の取り込み作業はどうだ。上手くいってるのか？」

林の話を強引に打ち切るように、高崎が話題を変えてきた。

「接触はしてますが……。あの男は無理だと思います。自分の手には負えません」

「何言ってるんだ。まだ始めたばかりだろうが。お前ならやれる。焦らず時間をかけて、少しずつ取り込んでいけばいい。絶対にあいつを逃がすなよ」

今の椎葉には叱咤も激励も虚ろに響くだけだった。宗近奎吾《けいご》は柔《やわ》な男じゃない。どんなに脅《おど》してもおだてても効果はないだろう。好色そうに見えて、実際は色仕掛けも通じないときているのだ。おそらくどれだけ時間をかけて接触を繰り返しても、取り込むことはできない。

林のことといい宗近のことといい、何もかもが上手くいかない。このままでは、先が思いやられる。椎葉は陰鬱とした気分で深い溜め息をついた。


埼玉《さいたま》高速鉄道の終点となる浦和美園《うらわみその》駅で、椎葉は電車を降りた。

人気のないロータリーに立ち、黒い雲に覆われた憂鬱《ゆううつ》げな冬の空を眺める。雨になるのは夜からだと天気予報が告げていたので、傘《かさ》は持ってこなかった。降らなければいいな、と思いつつ、椎葉は駅を出て歩き始めた。

十分ほど歩くと、目的の場所が見えてきた。椎葉が向かった先は、手入れが行き届いた広々とした霊園だった。入り口近くの管理人詰め所でロウソクと線香を購入し、墓地の中を進んでいく。

一基の墓の前で立ち止まり、椎葉は携《たずさ》えてきた花を供《そな》えた。ロウソクと線香にも火をつける。今日は香織《かおり》の命日だった。毎年、安東と一緒に墓参りに来ていたのに、その安東も今はここに眠っている。

仁志《にし》から安東の納骨を済ませたという連絡をもらったのは、三日前のことだった。探せば安東にも親戚はいるのだろうが、仁志たちは自分たちの手で供養《くよう》していく心構えのようだった。

仁志はこの墓に、香織の遺骨だけが納められていることを知っていた。両親の墓もどこかにあるようだが、あえて香織のためだけに新しい墓を建てた安東の行動に、何かしらの複雑な家庭環境を感じ取ったのかもしれない。

安東の葬儀には出席することができなかった。多数の警察関係者が、葬儀会場に張り込むことが予想されたからだ。顔見知りの刑事でも、椎葉が潜入捜査員であることまでは知らない者も多い。出席して親しげに話しかけられでもすれば、面倒なことになる。

悲しみに浸るのは先送りにして、ずっと捜査を続けてきたが、この場所に来たことで椎葉はようやく、安東の死と正面から向き合えたような気がしていた。

黒い御影石《みかげいし》の墓石を見つめながら、安東の面影《おもかげ》を偲《しの》ぶ。本当に静かな男だった。口べただったわけではなく、無駄なことを言わない賢明さが安東を無口にさせていたのだ。物言わぬ唇よりも、いつも静かな瞳で秘めた想いを多弁に語っていた。

逝く者と残される者とでは、どちらがより悲しいのだろうか。椎葉の胸にやるせない疑問が浮かんでくる。生まれてきたからには、いつか必ず死が訪れる。そうとわかっていても早すぎる死は、残された者を深い失意のどん底へと突き落としてしまう。

頬に冷たい雫《しずく》を感じ我に返った。降り始めた雨から身を守るようにレザーコートの襟を立て、椎葉は踵《きびす》を返した。

ふと頭を上げると、前方から歩いてくる人影があった。それが誰なのかわかった瞬間、椎葉は咄嗟に隣の通路に入り、墓石の陰に身を潜めた。

宗近だった。手には大きなバラの花束と酒瓶を持っている。背後から見ていると、宗近は安東家の墓の前で立ち止まり、墓前に花束を無造作に置いた。

「……飲めよ。お前の好きだったラッセルリザーブだ」

瓶の栓《せん》を開け、中身を惜しげもなく墓石に注ぎ始める。

「どうだ。美味いだろう。こっちの花は香織にだ。お前にバラなんて似合わないからな。……なあ、香織。お前の兄貴は本当に馬鹿だよな。こんなに早く逝《い》っちまうなんて」

姿なき兄妹に向かって宗近が語りかけていた。その寂しげな口調が、椎葉をもの悲しい気分にさせる。宗近は安東だけではなく、香織ともつき合いがあったのだ。

「本当にどうしようもない馬鹿だ……」

宗近が雨に濡れながら墓石を撫でる。愛おしい者に触れるような優しい手つきだった。言葉にしがたい複雑な感情が胸に湧いてきて、それ以上見ていられなくなった。椎葉は足音を潜め、その場所から離れた。


十二月も半ばに入ると、街も自然と気ぜわしい雰囲気に包まれる。

あちらこちらでクリスマス用のイルミネーションが灯り、普段よりも華やかさを増した新宿の街を、椎葉は黙々と歩き回っていた。情報屋たちと会い、変わった動きがないか知るためだった。

その夜は大きな収穫があった。ゴールデン街でスナック店を経営している男から、たまに店に来る暴力団員が拳銃を所持しているのを目撃したと、有益な情報が提供されたのだ。

ひどく酔った暴力団員が、内ポケットから取り出した拳銃を『十万で買った』と、仲間たちに自慢げに見せていたという。

安価な値段で購入できるのはCRS拳銃の可能性が高い。CRS拳銃とはフィリピンのセブ島などで、家内工業的に手作業で製造されている密造拳銃のことだ。粗悪なものが多く、弾丸が発射されなかったりする暴発などの事故も起きている。

以前、科学捜査研究所の拳銃専門の鑑定を行う科学捜査官から、拳銃についての専門講義を受けた際、椎葉はＣＲＳ拳銃を実際に手に取り、分解してみたことがあった。どの部品も驚くほどいい加減なもので、よくこんな恐ろしいものを撃つ気になれる、と感心したほどだ。下手すれば自分の手が吹っ飛びかねない代物だった。

椎葉はスナック店主に「また何かあったら頼む」と小遣いを握らせ店を出た。信頼できる情報だし、すでに暴力団員の名前も所属組織も判明している。あとは事件係がこの情報をもとに、捜査を引き継いでくれるだろう。

事件係の捜査員たちは、情報係の椎葉たちとはまた違った苦労を抱えている。いくら情報が上がってきても、いざ実際に拳銃を摘発するとなると困難を極めるのだ。これだ、という情報をもとに張り切って家宅捜索を行っても、空振りに終わることも多い。拳銃は薬物と違って、いつも身近に置いておくものではないからだ。

もちろん組長などのボディガードや抗争中の暴力団員なら、常に所持していることもあるが、普通そんなやばいものは持ち歩かない。以前は情婦の家から出てくることも多かったが、最近ではその事例も減少していた。

どこかに隠しているはずだと必死でガサ入れしても、なぜか出てこない。単なる隠し場所の巧妙化、というひと言では納得がいかなかった。

仮に拳銃が見つかり持ち主の暴力団員を逮捕しても、保身のために簡単には入手先を白状しない。知らない相手から購入した、これを譲ってくれた相手はもう死んだ、絶対に言うことはできない。そう言って、頑なに供述を拒否するのだ。それに拳銃ブローカーたちはキーワードなどで強固な安全策を講じ、慎重に闇ルートで拳銃を売りさばいている。

拳銃密売には現地での調達コネクション、現地から日本への運搬ルート、日本国内で売りさばくルート、この三つが必要だが、現状のままではいつになっても全貌を明らかにすることなど無理だった。何もわからなければ、水際の阻止はままならない。

上層部は現場の苦労など知らないくせに、組員の数だけ拳銃はある、探せ探せとただ尻を叩いてくる。確かにどこかにあるはずだ、と誰もが思う。なのに見つからない。まるで鬼のいない鬼ごっこのようだ。これでは現場の捜査員たちも疲弊《ひへい》していくばかりだった。

椎葉は雑踏の中を歩きながら、自分も疲れているのかもしれないな、と思った。けれどそれが刑事としての今の状態になのか、それとも人生そのものに対してなのか、よくわからなかった。

二十八歳で人生に疲れるのはまだ早いんじゃないか、と自分を笑う。枯れ木になってしまうのは、もっと後でいい。

林《リン》の件は、上からストップがかかったきり、まだなんの返事もなかった。そのせいで余計に気分が滅入っているのだろう。早く接触を再開して、もっと林のことを探りたいのに許可が出ない。猟犬は野に放たれなければ、自分の仕事ができないのだ。繋がれたままでいるのが一番辛い。

新宿駅の西口付近を歩いていると、学生らしい賑《にぎ》やかな集団とすれ違った。みんなやたらとはしゃいで楽しそうだ。ふと隣を見ると、仲睦《なかむつ》まじそうに腕を組んで歩くカップルもいる。一緒にいられるだけで嬉しいと、ふたりの表情が物語っていた。

たとえ他人であっても、幸せそうな姿は微笑ましいものだ。別に自分が孤独だからといって、妬みたくなるようなことはない。嘆き悲しむ暗い顔より、笑っている明るい顔を見ていたほうが心も安まる。

ただ仕事でもプライベートでも、いつもひとりきりの自分を顧みると、少しだけ切なくなった。周囲を見渡すと、不思議なほど誰もが楽しそうに見えてくる。

こんなにもたくさんの人間がいるのに、なぜ自分だけはいつもひとりなのだろうか。そんなやくたいのない思いが湧いてきてしまうのだ。

寒々とした夜気のような寄る辺ない寂しさが、胸の中にひっそりと忍び込んでくる。一度、冷たくなった心は、なかなか温まってくれそうにはなかった。

子供じゃあるまいし、と椎葉は苦笑した。ひとりでいることが寂しいなら、恋人でも作ればいい。なのにその努力もしないのは、結局は最初からひとりでいることを選んでいるからだ。ないものねだりで、他人を羨《うらや》んだってしょうがない。

そう言い聞かせ、視線を前に向けた時、百貨店の入り口から五、六歳くらいの女の子が勢いよく飛び出してきた。両手に大きなクマのぬいぐるみを抱えている。前が見えないのにそんなに走って危ないな、と思って見ていたら、女の子は案の定、通りがかった男性にぶつかって転んでしまった。

「やだ、なっちゃんっ？」

後ろから母親らしき女性が駆け寄ってくる。女の子は尻餅《しりもち》をついたまま、少し半泣きの顔で母親を振り返った。

「すみませんっ。大丈夫でしたか？」

母親がぶつかった男性に頭を下げる。男性は「平気ですよ」と答え、しゃがみ込んで女の子を抱き起こした。椎葉は男性の顔を見て驚いた。

「怪我《けが》はなかった？　どこか痛いところはないかな？」

優しげな声で女の子の服の汚れを払っているのは篠塚《しのづか》だったのだ。

「クマちゃん……」

泣きべそ顔の女の子が呟く。篠塚は自分の足許を見て、「ああ、これか」と微笑んだ。

「ごめんね。クマちゃんも痛かったね。はい」

篠塚が拾い上げたクマを差し出すと、女の子は嬉しそうに抱きしめた。

「これ、ママに買ってもらったの。クリスマスプレゼントなんだよ。サンタさんにはね、ウサギちゃんのぬいぐるみをもらうんだ」

「そう。それは楽しみだね」

母親が「なっちゃんたら」と苦笑しながら女の子の肩を抱く。

「本当にすみませんでした」

「いいえ。お気づかいなく」

女の子は篠塚に「バイバイ」と手を振ると、母親とロータリーのほうに向かって歩き始めた。篠塚はいつまでも立ち尽くしたまま、ふたりの背中をじっと見送っている。そんな篠塚を見て、椎葉もまたそこから動くことができなかった。

由佳里のお腹の子が無事に生まれていれば、あの女の子くらいになっていたはずだ。そのことがわかっていたから、たまらない気持ちになった。

篠塚が今見ているのは、失われてしまったふたつの命の幻なのかもしれない。何を思ってそこに立っているのだろうか。あの母子《おやこ》の後ろ姿に何を探しているのだろうか。

不意に涙が湧いてきた。椎葉は慌てて目に浮かんだ雫を指で拭い取った。

自分だけが辛かったのではない。突然、そんな当たり前のことが、実感として胸に迫ってくる。捜査のあり方に異議を唱えなかった篠塚を、椎葉はいつも心の片隅で断罪し続けてきた。なんて冷たい人なんだと責めていたのだ。

けれど、そうじゃなかった。何も言わなかった分、きっと篠塚のほうが何倍も苦しかったはずだ。その胸の内にどれだけの苦悶《くもん》があったのか、今となっては知る由《よし》もない。

沈黙の中にこそ、篠塚の怒りがあったのではないだろうか。犯罪への怒り、自分の属する組織への怒り、そして何よりも自分自身への怒り。それなのに何も言わず、篠塚はひとりその想いを黙々と殺してきたに違いない。

行き交う人々の群れの中で、ふたりの時間だけが止まっているようだった。身じろぎもしないトレンチコートの大きな肩が、ひどく頼りなげに見える。そばに駆け寄って、寂しそうな背中を抱きしめてあげたかった。できることならあの頃のふたりに戻って、同じものを失った痛みを分かち合いたい。

けれどそれはできないのだ。時間は戻らない。どれだけ望んでも、椎葉はもうあの頃の自分にはなれなかった。今はひとりの男として刑事として、自分の足で篠塚とは違う道を歩いている。

夢から覚めたような顔で、やっと篠塚が一歩を踏み出した。それは柔和《にゅうわ》な顔つきながらも隙のない雰囲気を放つ、いつもの篠塚だった。

雑踏の中に消えていくピンと伸びた背中を見送ってから、椎葉もまた歩きだした。

# 7

玄関に入ると、かすかな水音が聞こえてきた。

音を辿って開けたドアの向こうには、洒落た造りのドレッシングルームが広がっていた。奥にある浴室の磨《す》りガラスに、おぼろげな男の裸体が映っている。椎葉《しいば》はシンクがふたつある大きなドレッシングカウンターに腰を預け、シャワーを浴びている男の影を眺め続けた。

しばらくして、男がガラス戸を開けて出てきた。腕組みして立っている椎葉を見て、宗近《むねちか》は一瞬目を見開いたが、示した反応といえばそれだけだった。

「そういう地味な格好もいいもんだな。夫のいない隙に家に忍び込んで、人妻を誘惑するいけない銀行マンみたいだぞ」

シンプルなビジネススーツ姿の椎葉に、宗近がにやけた笑みを投げかけてくる。

「昼メロ好きとは知らなかったな」

「多趣味なもんでね。……そこのタオル取ってくれ」

そばにあったバスタオルを摑み、放り投げてやる。宗近は手早く身体を拭き、黒いバスローブをはおった。

「なあ宗近。拳銃はどこにある」

いきなりの質問に宗近が眉をひそめる。

「なんの話だ。俺はチャカなんか、隠し持っちゃいないぞ」

「違う。お前のことじゃなくて、暴力団全般の話だ。警察がどれだけガサ入れしても、現物は全然出てこない。百件ガサして一丁出ればいい、なんてぼやく捜査員もいる」

宗近はフンと鼻を鳴らし、「そんなの簡単なことだ」と話し始めた。

「チャカは使う時に買って、使い終われば捨てる。常識だ。数十万出せばいつでも買えるってのに、一度弾いて足がついた危険なチャカを、後生大事に持ってる馬鹿はいないさ。チャカは持ってるだけで一年以上十年以下の懲役《ちょうえき》だ。それに加えて実包《ギョク》まで持ってたら、三年以上または無期に跳ね上がる。誰だって臭いメシは食いたかないってことさ」

「けど、捨てるってどこに?」

「海にでも放り投げておけば、すぐに錆びついて指紋も出ない」

「そんなものなのか?」

「そんなものさ」

納得がいかず、はぐらかされたような気分になってしまった。だが宗近の言葉は真相を言い当てているのだろう。密輸されてくる拳銃はかなりの量のはずなのに、市場に出回った途端、見当たらなくなるのだ。理由はそれしか考えられない。

「……お前は銃器関係の情報を集めているデカか。組対《そたい》の人間だな」

エスとして狙いをつけた相手に、シラを切っても仕方がない。椎葉は事実を認めた。

「そうだ。俺は警視庁の組対五課に所属する人間だ。拳銃の密売情報を得るために動いている。……お前、エス工作って言葉を知ってるか？」

「公安がやってるあれか。監視対象の組織に内通者を作って、情報を流させるんだろう」

「ああ。スパイを運用した捜査方法のことだ。俺たちは内通者のことをエスと呼んでいる」

「つまり安東《あんどう》はお前のエスだった。そういうことか」

「俺はお前を次のエスにしたい。――宗近。俺のものになれよ」

直接的すぎる椎葉の誘いに宗近はまるで動じず、口の端をわずかにつり上げただけだった。

「俺に警察の犬になれってか？」

「そうだ。飼い主はこの俺だ。餌ならちゃんとくれてやる。……俺のものになったなら、好きなだけ抱かせてやるよ」

宗近が目を細める。

「本気で自分にそれだけの価値があると信じてるのか？」

「価値を決めるのは俺じゃない。……お前だろ？」

椎葉は宗近にゆっくりと近づいた。指先でたくましい身体のラインを上から下へと撫でた後、静かに床に跪《ひざまず》く。バスローブの合わせ目を開き、椎葉は躊躇いもなく男の象徴に唇を寄せた。まだ水分が残る黒い茂みに顔を埋め、舌先でペニスの輪郭《りんかく》を辿る。何度も舐め上げていると、宗近の雄は徐々に硬くなり、やがて熱を帯びて完全に勃ち上がった。

硬い弾力のあるそれを口に含んで、唇と舌を使い熱心に愛撫する。思っていたような嫌悪感は湧かなかった。それどころか男のものを舐めながら、気分はおかしなほど高揚している。張りつめた薄い皮膚はとてもなめらかで、椎葉は無心で心地よい感触を味わった。

淫らがましい行為をしているのに、不思議と色仕掛けで迫っているという気持ちはこれっぽっちもなかった。この男のことをより知るためには、身体を使うほうが手っ取り早い。そう思えてきたからだろうか。

宗近は何も言わず、椎葉のしたいようにさせている。どうせまた、小馬鹿にしたような目で自分を見ているのだろうと思って顔を上げると、視線がぶつかった。

宗近の瞳には、今まで一度も見たことのない色があった。侮蔑とも嘲笑とも違うし、欲情のそれとも違う。強いて言うなら、何か愛おしいものでも眺めるような、慈愛に満ちた色合いだ。

そんな目でずっと見られていたのかと思うと、急に息苦しくなった。なぜかはわからない。ただ甘いような情動に胸を締めつけられ、今にも息が止まりそうだった。

宗近の視線を振り払うように、また目を閉じて深い愛撫を再開させる。しばらくすると宗近が後ろ髪を摑んできた。口を離せと言っているのだと気づいたが、椎葉はそれを拒否し、最後まで唇で宗近のものを攻め続けた。

宗近が低く呻き、椎葉の口の中に射精した。喉の奥で受け止めた生温かいものを、必死で飲み下す。だが馴染みのない味と感覚を身体が拒絶したのか、上手く飲み込めず咳《せ》き込《こ》んでしまった。

「ほら、水だ」

宗近が水の入ったグラスを差し出してきた。受け取って口をゆすいでいると、「ったく、お前は」と溜め息交じりの声が聞こえた。

「よくやるな。ひょっとして、今のでこの間の借りを返したつもりか？」

「……違う。餌の味を教えてやっただけだ」

立ち上がった途端、長い腕が腰に巻きついてきて、宗近の胸に閉じ込められた。顔を上げると宗近に瞳を覗き込まれた。鼻先が触れ合うほどの距離で、「いいか」と低く囁かれる。

「身体だけで俺が買えるなんて思うなよ。俺はそんなに安くない。本気で俺が欲しいなら、心ごとよこせ」

「心ごと……？」

眉間《みけん》に皺を寄せている椎葉に、宗近が不機嫌そうに舌打ちをした。

「鈍感な野郎だな」

椎葉を突き放し、宗近がドレッシングルームから出ていく。慌てて後を追いかけた。

「おい、今のはどういう意味だよ？」

宗近はリビングに入ると、ソファーにドサッと腰を下ろした。天井の電灯はついておらず、間接照明の淡い光が、部屋の中を柔らかく照らしている。

「もういい。それより、さっきのが餌の味見だったなら、この間の借りは今から返せ」

「がめつい男だな……。どうやって返せばいいんだ？」

「ここに座れ」

宗近が指さしたのは、あろうことか自分の膝だった。椎葉は呆れ返ってしまった。

「俺はホステスのお姉ちゃんじゃないんだぞ。なんでお前の膝の上に座らなきゃいけない。馬鹿も休み休み言えよ。第一、男を膝抱っこして何が楽しい」

「俺は楽しいぞ。お前の嫌がる顔が間近で見られる。……来いよ、椎葉」

椎葉は宗近に背中を向けて、膝の上にドスンと腰を下ろした。フェラチオまでしたのだ。今さら膝の上に座るくらい、どうってこともない。

「……俺は椅子じゃないぞ。横向きに座れ」

嫌々ながらも身体の向きをずらす。右肘をソファーの背もたれに乗せ、「これでいいのか？」

と確認すると、宗近は満足げに頷いた。

「で、あとは何をすればいいんだ？　歌でも歌おうか？」

「座って俺の顔を見てればいい」

耳が痒《かゆ》くなった。男を膝の上に乗せて言う台詞じゃない。だが椎葉は言われるままに、すぐ目の前にある男の顔を眺めた。

こうやってじっくり見ると、宗近の持つ美しさにあらためて気づく。美しいといっても、ただ顔の造作が整っているということではなかった。精悍な風貌の中にも艶《つや》があり、姿全体から成熟した男の色香が漂っている。悔しいが外見だけなら極上の男だ。

「……聞きたいことがある」

「なんだ？」

「林英和《リンヨンファ》とはどういう関係だ」

宗近が「あのな」と嫌そうに顔をしかめる。

「せっかく可愛らしく俺の膝に乗ってんだから、もう少し色っぽい話をしろ」

「無理だ。俺は刑事だからな」

目を合わせたまままきっぱりと言い切ると、宗近は苦笑を浮かべた。

「林の会社とは取引をしている。それだけだ。お前が勘ぐっているような関係じゃない」

椎葉は微笑んだ。

「やっぱり林の裏の顔を知ってるんだな。あの男、一体何者なんだ」

「おい。俺はまだお前のエスになったわけじゃないんだぞ。俺を使って情報収集なんかするな」

「頼むよ、宗近。知ってることを話してくれ。……林のことを教えてくれたのは安東なんだ。あいつの最後の情報を無駄にはしたくない」

椎葉は真剣な顔で懇願した。林に関しては、刑事としてのプライドも横に置くつもりだった。今は少しでもたくさんの情報が欲しい。

「色仕掛けの次は泣き落としか。この性悪め」

文句を言いつつも、宗近は林について話し始めた。

「林の正体は本国に籍を持つ軍人だ。あいつが経営している貿易会社は日本の精密機器を海外に輸出しているが、そっちは表向きの仕事でたいした実績はない。実際に扱っているのは、中国の原油や武器弾薬だ。日本を中継地点にしてそれらを海外に輸出している。もちろん日本では書類操作だけで、荷は中国から直接、海外に出荷されてる。言わば中国のトンネル会社だな。獲得した外貨はすべて、国か軍部あたりに入ってるはずだ」

つまり林は、中国政府の命を受けた武器商人ということになる。あまりに大きすぎる話に、椎葉はただ混乱するばかりだった。

「そんなことが本当にあるのか？　第一、どうしてわざわざ日本なんかで操作する。輸出国先に会社を作ればいい話なのに」

「そこまでは俺にもよくわからん。日本には他の外国のようにスパイを取り締まる法律がないから、軍属の人間が動くには都合がいいのかもしれないいな」

椎葉は考え込みながら宗近の膝から下りた。隣に座り直した椎葉を見て、宗近は不満そうだったが無視することにした。いつまでも変な体勢でいるのはきつい。

「……お前、どうしてそんなに詳しい。林から拳銃を買ったのか？」

疑惑の眼差しを向けると、宗近はムッとした顔で椎葉の耳朶《みみたぶ》を引っ張ってきた。

「痛い。よせ」

「チャカには興味がないって言ってるだろう。俺の知り合いのヤクザで、林から何度かチャカを買ってる男がいるんだよ。そいつから聞いた話を俺なりに推測したら、こうなった。そいつは林と中国を旅行した際に、向こうの武器製造工場を見学させてもらったらしい。あっちには拳銃なんぞ、ごろごろ転がってるそうだ。まあ、中国は世界でも有数の武器輸出国だから当然か」

宗近の言う通りだった。中国にいくつかある武器輸出会社はすべて国営機関だ。つまり武器を売って獲得した外貨は、国の懐に流れ込んでいく仕組みになっている。

どの武器輸出会社も相手が政府であれ民間であれ、注文があれば輸出に応じるだろうが、当然のことながら銃規制のある日本には武器類を販売するはずがなかった。輸出がばれれば国際的非難を受けてしまう。林の会社も非合法な存在とはいえ、政府ないしは軍部が背後にあるのなら、安易に日本へ拳銃を密輸するとは考えにくい。

　思いついた疑問を宗近にぶつけてみると、「さあな」と首を振られてしまった。

「林が日本でチャカを密売してる理由なんて、俺にはどうでもいい話だ」

「俺にはどうでもよくない。なんとしても林を捕まえたいんだよ。林だけじゃなく、その後ろにいる連中もな」

　宗近は急に真面目な顔をして、椎葉の顎を強く摑んだ。

「やめとけ。相手がでかすぎる。一介の刑事がどうやって戦うつもりだ？　上だって相手が中国の政府か軍部だってわかれば、手を引かざるを得なくなる。日本が中国に対して、どうしようもないくらい及び腰だってことは、お前も知ってるだろう」

　その言葉に思い出したのは、以前、世間を騒がせた不審船の沈没事件だった。二〇〇一年十二月、東シナ海の日本の排他的経済水域内で見つかった国籍不明の不審船が、海上保安庁の巡視船と銃撃戦の末、沈没するという事件が発生した。

　沈没した不審船は北朝鮮の工作船だった。以前から東シナ海の海路は『犯罪回廊』ともいわれている、中国の密航船や北朝鮮の密輸船の通り道だったのだ。

沈んだ水域が運悪く中国の排他的経済水域だったため、引き揚げ作業は難航を極めた。中国側がこれに強く反対をしたからだ。結局、沈没から九か月後に不審船は引き揚げられたが、日本政府は中国側に対し協力金として一億五千万円を支払っている。引き揚げ自体は国際法上の正当な権利であったにも関わらずだ。

しかもこの不審船とおぼしき船は事件前に、中国軍の舟山《チョウシャン》軍港に寄港しているところをアメリカの衛星に撮影されている。つまり北朝鮮側から賄賂《わいろ》を受け取った軍港関係者が、不審船に対して燃料補給などを行っていた可能性もあるのだ。これは当然、中国側に不利な交渉材料となるわけだが、日本はこの写真をアメリカから提供されていながら、正々堂々と引き揚げを主張できなかったのだ。

「日本政府ってのは中国に対して、絶対に刺激しちゃいけないっていう脅迫観念があるからな。相手が悪かったと思って林は諦めろ。無駄足を踏むだけだぞ」

「嫌だ。俺は手を引く気は――」

反論の途中で家の電話が鳴った。

「電話だ。出ろよ」

「無視しろ。留守電をセットしてる」

数回の呼び出し音の後、お決まりのメッセージをどうぞ、という音声が聞こえ、若い男の声が話しかけてきた。

『奎吾？　いないのか？　携帯も繋がらないぞ。一体何をしてるんだ』

神経質そうな声だった。口調には尊大で責めるような色合いもある。

『相談したいことがあるって言ってただろう。まさか忘れてるんじゃないだろうな。とにかくふたりきりで会いたい。帰ったらすぐに電話してくれ』

ガチャンと乱暴な音を立て、相手が電話を切った。

「今のは誰だ？」

あまりに偉《えら》そうだったので、つい聞いてしまった。

「松倉《まつくら》組の組長だよ」

「……お前の弟の？」

宗近が「すべて調査済みってわけか」と薄く笑った。

「その通りだ。俺は先代の愛人の子供で、あいつは正妻の子供。半分しか血は繋がってないが、兄弟であることには違いない」

「いつもあんなに偉そうなのか。正妻の息子はお前よりずっと若いって聞いたぞ」

「精一杯、虚勢を張って強がってるのさ。でないと、ああいう世界じゃやってけないからな。必死なんだよ。可愛いもんだろ。……俺は事情があって、十二の時に本宅に引き取られた。だからあいつのことは、誰よりもよくわかっている」

どうしても納得がいかなかった。いくら相手が組長でも、自分の弟に命令されて腹が立たないのだろうか。唯々諾々《いいだくだく》とした宗近の姿を想像すると、わけのわからない苛立ちが湧いてきてしまう。もしも愛人の息子という立場に引け目を感じて逆らえずにいるのなら、あまりにも宗近らしくなかった。そんなものに縛られるような男とは思えない。

「……組の人間たちは、お前に組長になってもらいたいと思ってるんだろう。安東が言ってた」

宗近は人の上に立ってこそ、本当の力を発揮するタイプの人間だ。短いつき合いでも、それくらいのことは椎葉にもわかる。

「俺にその気はない。あいつが一人前になるまでは、できる限りサポートしてやるつもりだが、自分の役目が終われば組からも足を洗うつもりだ」

椎葉はふと考えてしまった。宗近は弟に跡目を継がせるため、企業舎弟に徹してきたのではないだろうか。組織の運営に深く関わっていると、周囲から押し上げられ、自分が組長になってしまう。だから先代の息子でありながらも一歩引いた状態で組織と接し、弟が組長となった今も、影の存在として彼を支え続けている。あくまでも椎葉の想像だったが、大きく違ってはいない確信があった。

「……弟はお前にとって、足枷《あしかせ》にはなっていないのか」

宗近は「どうかな」と呟いた。

「誰にだって、切るに切れないしがらみのひとつやふたつはあるだろう？　人間、長いこと生きていると、自然と背負うものも増えてくる」

気負いの感じられない静かな表情だった。宗近は組織内での半端な立ち位置を、不満には思っていないのだろう。どういう事情があるのかわからないが、腹違いの弟を助けていくことが自分の役目だと決めているようだ。

椎葉はソファーから立ち上がった。あまり宗近の内面に立ち入りたくない。

矛盾していることは自覚していた。エスとして取り込む相手のことは、すべて知り尽くしておいたほうがいいに決まってる。けれど宗近の心の奥深くにまで入り込んでいくのが怖かった。深みにはまり抜け出せなくなるような、強い危機感を覚えるからだ。

「とにかく林の情報は助かったよ。……ところで、これも借りになるのか？」

「当然だ。返してくれるのはいつでもいいが、利息くらい今払っていけよ」

どうやって、と尋ねる間もなかった。強く腕を引かれ、再びソファーに身体が沈んだかと思うと、宗近が覆い被さってきた。

「キスひとつで利息はちゃらにしてやる」

「……安い利息だな」

どうかな、と呟き、宗近が口づけてきた。咄嗟に顔を背けたら耳朶《じだ》を舐められた。宗近の熱い吐息が濡れた皮膚に当たると、それだけで背筋にしびれが走ってしまう。甘ったるい感覚が嫌で椎葉は首を振った。

「よせ。勘違いするなよ。さっきのはあくまでも味見で、まだお前に餌をやるつもりはない。餌が欲しいなら俺のものになれ」

「だから利息だって言ってるだろう？」

からかうような目で見つめながら、宗近が椎葉の唇を指で撫でてくる。

強弁《きょうべん》に突っぱねて部屋を出ていくこともできるが、椎葉は迷った末に身体の力を抜いた。餌の味見か利息かはさておき、有益な情報をもらった以上は対価を支払うべきだろう。

おとなしくなった椎葉に宗近が唇を重ねる。いつかのように、また激しくキスされるのかと構えたが、今夜のキスはあの時とはまるで違っていた。両手で頬を挟まれたまま、そっとついばむように何度も触れられ、唇をただ味わうように甘くキスされる。なんだか自分がお菓子にでもなった気分だった。

「……せ」

椎葉の呟きに宗近が「ん？」と首を傾ける。

「そういうのはよせ」

「そういうのってどういうのだ?」

意地悪く切り返してくる男を、椎葉は軽く睨みつけた。

「口が寂しいなら、あめ玉でも舐めてろよ」

「嫌だね。お前の唇のほうが、ずっと甘いのに」

このタラシめ——。椎葉のきつい視線など気にもせず、宗近が再び唇を合わせてきた。誰が中にまで入れてやるものか、と意固地になって閉じた唇を、宗近は楽しげに味わっている。舐めて甘嚙みして軽く吸う。反応など返すまいと思っていたのに、椎葉の唇は徐々にガードを緩め、気がついた時には口腔内に宗近の侵入を許してしまっていた。

一か所を許すと、あとはなし崩しで他の場所まで許してしまう結果になった。宗近が深く口づけながら、椎葉の身体を熱くまさぐってくる。ズボンからワイシャツの裾を引っ張り出し、宗近は中にまで手を差し込んできた。熱い手で直接触れられ、肌がぞくりと粟立《あわだ》つ。

「……誰が、そこまでして、いいって言った……やめろ、むね……んぅ……っ」

キスの合間に訴えてみたが、宗近は聞く耳を持たなかった。ひたすら貪欲に椎葉の唇を奪い続ける。キスに飽きると次は首筋を淫猥に舐め上げ、胸の小さな突起を手でこね回し始めた。指の腹で揉まれたかと思うと先端をキュッと摘まれる。緩急を利かせた刺激に椎葉の息は乱される一方だった。

「さっきのお返しをしてやろうか？」

囁きと共に宗近がズボンのベルトを外してきた。ファスナーを下げて中に忍び込んでくる手を、椎葉は必死で押しとどめた。

「お返しなんていい……っ」

「俺にもサービスさせろよ。俺たちはギブアンドテイクの関係だろう？」

当て擦りのような皮肉な言い方だった。椎葉がそっぽを向くと、宗近が不意に穏やかな目つきで顔を近づけてきた。

「椎葉。毛を逆立たせた猫みたいに尖ってばかりいないで、たまにはリラックスして他人の手に自分を預けてみろ。気持ちいいだけじゃなくて、楽になれるぞ。……意地を張ってばかりじゃ疲れるだろう？　少しは素直になれ」

宗近の優しい声に、身体だけでなく心のガードまで弛んでしまう。刑事としての立場も男としてのプライドも放り出して、宗近の腕に身を任せる——。想像した途端、理性が揺らぎ始めた。

椎葉は渇いた唇を舐めた。頭では駄目だとわかっていても、宗近の言葉は甘い誘惑だった。自分の頑なな部分は、椎葉自身も欠点だと感じている。今さら性格は変えられないが、ほんのひと時でも重く硬い鎧《よろい》を脱ぎ捨て、無防備なありのままの自分をさらけ出すことができたなら、少しは心も楽になれるのだろうか。

考えることに疲れ、椎葉はもうどうにでもなれ、とばかりに掴んでいた宗近の腕を離した。

「気の強い猫も好きだが、そういう猫がすり寄って甘えてくると、格別に可愛いもんだぞ」

「ゴロニャンと鳴いたほうがいいのか？」

「どうせなら、もっと色っぽく啼《な》いてくれ」

宗近が床に跪《ひざまず》いた。すぐさま下腹部に頭が下りてくる。熱い吐息を感じたかと思うと、椎葉のものは熱い粘膜に包まれた。我慢しきれず、吐息のような声が漏れる。

宗近の口に深々と呑み込まれると、そうされることを待ち望んでいたように、椎葉の雄はすぐに張りつめた。唇で力強く扱かれると、たまらない快感が湧き上がってくる。

「……ん、……ぁう……っ」

自然と甘い声が口をついて出てしまう。その度に宗近が悪戯するように軽く嚙んでくるので、集中できなくて腹が立った。

「真面目に、しろよ……っ」

宗近が笑いながら、腰の後ろから手を入れてきた。尻の割れ目を辿った指が敏感な場所に触れる。逃げるように反射的に腰を浮かすと、自分から宗近の口にそれを突き出す格好になってしまった。前と後ろを刺激され、椎葉は狼狽《うろた》えた。

「そんな、とこ……触るな…やめろ……っ」

「騒ぐなよ。ちょっと撫でてるだけだろう。……これだからバージンは面倒なんだ」

素直に身体を任せていたのに、なんて言い草だ。悔しくなって椎葉は宗近の髪を引っ張った。

「ぐずるな。すぐ達かせてやるから」

「もういい……っ、やっぱりお前なんかに――」

宗近が再び口戯を開始したので、最後まで言えなくなってしまった。強く吸い上げながら、濡れた唇で激しく扱かれる。後ろの指はいつの間にか狭い器官に潜り込み、中であやしく蠢《うごめ》き始めていた。湧いてくる感覚が快感なのかどうかわからないが、そんな場所を宗近に触られているという事実に羞恥が募り、椎葉をより深い興奮へと誘っていく。

「や……、ん…ぅ、宗近、もう……っ」

とどまるところを知らずに上昇していく快感に、椎葉はもう逆らうことができなかった。下肢を強ばらせ、上体を反らし、息を止めたまま宗近の口に欲望を放つ。自分がそうしたように、宗近も椎葉の白濁を飲み下した。

呼吸を整えながら椎葉が衣服の乱れを直していると、宗近がシャツのボタンを留めてくれた。他人から世話を焼かれることに慣れていない椎葉には、ひどくバツが悪い。

「何か飲むか？　酒でも持ってきてやるぞ」

額に落ちた椎葉の前髪をかき上げ、宗近が優しい目で尋ねてくる。椎葉は黙って首を横に振っ

た。恋人同士の情事の後のような甘い雰囲気は、居心地が悪い。

「それより聞きたいことがある」

「なんだ？　今日は質問が多いな」

「……宗近。お前は俺をどう思ってるんだ。本当は俺を憎んでいるんじゃないのか？」

宗近の顔から穏やかな笑みが消えた。

「どうしてそう思う。俺が意地の悪いことばかり言うからか？」

「違う。お前は時々、俺にひどく冷たい目を向けることがある。俺が刑事だからとか、そういう理由だとは思えない。俺自身を憎んでいるように見えるんだ。……ひょっとして、俺が安東を守ってやれなかったからか？」

宗近が「お前な」と力なく呟いた。

「気持ちよく達かせてやった直後に、そういうことを聞くなよ。萎えるだろう」

「気分を害したのなら謝る」

椎葉は素直に謝罪した。タイミングの悪さは承知している。というよりも、ふたりの間に必要以上の関係性を持たせたくなくて、切り出したのだ。自分たちは恋愛の駆け引きを楽しむために会っているのではない。

「別にお前を憎んでなんかない。もっとも、最初の頃は無性に苛立って、お前を傷つけてやりたかったことは事実だ」

「俺の何に苛立っていたんだ？」

「お前はあいつを救えなかったことを悔やんでいた。まるで無能な俺自身を見てるような気分だったよ。お前も俺も安東の死に責任を感じてる。同類みたいなもんだろ？」

宗近は自分自身に強い怒りを感じていたのだ。それが鋭い眼差しとなって、椎葉に向けられていた。気持ちはわかる気がした。椎葉もまた、宗近に同じような感情を持っていたからだ。

「お前が初めてここに来た夜は、安東をいいように利用してきたデカを、ちょっとおちょくってやろうというくらいの軽い気持ちだった。なのに、それが今じゃ……」

不意に宗近が口を閉ざした。いくら待っても先を言おうとしない。ただ身じろぎもせず椎葉を見つめているだけだ。沈黙に耐えきれなくなり、椎葉は立ち上がった。

「帰るよ」

部屋を出ていこうとする椎葉を、宗近が低い声で「おい」と呼び止めた。

「お前はとんでもなく臆病な猫だな。誰かに手懐けられるのが、そんなに怖いか？」

「どういう意味だ？」

わからないならいい、と宗近が小さく呟いた。やけに暗い目をしている。椎葉に不当に傷つけられたとでも言いたげな表情だった。

「林にはこれ以上近づくんじゃないぞ。それがお前のためだ」

何か返そうと思ったが言葉は出てこない。

「……おやすみ」

それだけを言い残し、椎葉は静かにドアを開けて部屋を出た。

# 8

新宿駅を出て、椎葉《しいば》は足早に目的の場所へと向かっていた。

今夜は一段と冷え込みが厳しく、吐く息も白い。顔がやけに強ばっているような気がして、椎葉は冷たい手で自分の顔を撫でてみた。けれど硬くなっているのは寒さのせいではなく、緊張しているためだった。

椎葉はこれから林《リン》と二度目の接触に入る。上からの許可は下りていなかった。何度、高崎《たかさき》に問い合わせても、「今は動くな」という要領を得ない返事しか返ってこない。トカゲだと思って尻尾を摑んでみたら、実は恐竜だった。椎葉には、そんな上の戸惑いが手に取るようにわかる。

上層部に林確保の意思がないことは、もはや疑いようもなかった。下手に逮捕などしてしまえば、捜査の手が中国領事館にまで及ぶかもしれないのだ。障《さわ》らぬ神に祟《たた》りなし、というところだろう。

椎葉は林にもっと深く食いつき、拳銃の配給源となる組織にまで踏み込んでいくつもりでいた。処分は覚悟の上だった。いくら単独捜査が許されている情報捜査員とはいえ、命令に背けば無事では済まない。最悪の場合、警察を辞めることになるかもしれないが、このまま手を引くわけにはいかなかった。

一度目の時と同じホテルの客室に来るよう、林から指示されていた。教えられた部屋のドアをノックすると、林は上機嫌で椎葉を迎え入れた。

「いらっしゃい。またお会いできて嬉しいです。さ、どうぞ。お酒も用意していますよ」

部屋は最上階のエグゼクティブルームだった。室内の灯りは抑えられている。そのせいで部屋全体が薄暗く、大きな窓から一望できる夜景がことさら輝いて見えた。

ソファーに座ると林が酒を勧めてきた。テーブルの上に置かれているのは、ラベルが中国語の酒瓶だった。グラスに注がれて口をつけた途端、椎葉は咳き込んでしまった。

「おやおや。大丈夫ですか？」

「こ、これはなんですか。随分ときつい酒ですね」

「茅台酒《マオタイチュウ》といいます。中国の伝統的な蒸留酒ですよ。向こうではストレートで飲むのが普通ですが、六十度くらいあるので馴れないと飲みにくいかもしれませんね。水割りにしましょうか」

林が酒を薄めてくれたが、それでもかなりきつい。けれどまったく飲まないのも気分を害されそうで、椎葉は林と世間話をかわしながら、少しずつグラスの中身を減らしていった。

「林さん、この間のお話ですが、ぜひお願いできますか」

頃合いを見計らって切り出すと、林は「そうですか」と喜んだ顔を見せた。

「ですが私が欲しいのは、この間見せていただいたものではなくて、刻印のないタイプです。そういうのがあるんでしょう？　以前、安東《あんどう》に聞きました。私はマニアなので変わったタイプのものに惹かれます。とりあえず、その拳銃を買ってみて満足できれば、他のもいろいろ購入したい。どうですか？」

林は抜け目のない表情で小さく微笑んだ。

「いいですよ。ご用意しましょう。ただし向こうから取り寄せることになるので、少々時間がかかります」

拳銃が日本に届き次第、また連絡を入れると言った林に、椎葉はさりげなく探りを入れた。

「刻印のないものは、一体どこで作られているんですか？」

中国にはいくつかの武器輸出企業があるが、軍の直営企業にあたるのはポリー・テクノロジー社とノリンコの名で知られる北方工業公司のふたつだ。林が軍属の人間なら、この二社のどちらかで拳銃を調達している可能性もある。しかし海外にも名の知れた企業が、刻印のない銃を出荷するとは考えにくい。刻印がないということは、最初から密輸を前提とした特別仕様だとしか解釈できないからだ。

「それは秘密です。でも中国にはたくさん兵器工場あります。軍事機密だからどこにあるのかまでは言えませんが、見たら柴野《しばの》さんもびっくりしますよ。日本と中国がもし戦争になったら、日本なんて一日で負けてしまうね」

愉快そうに笑う顔からは、自国の絶大な力を誇らしく思っている様子が伝わってくる。日本の政府も警察もたいしたことはない。林はそう思っているのだろう。

「……柴野さん、中国に興味ありますか？」

「ええ。強い関心を持っています。近いうちに行ってみたいですね」

「そうですか。もしよかったら、私が案内しますよ。私となら、なかなか行けないところにも入れます。きっと楽しんでいただけるはずです」

宗近の知り合いのヤクザが、林の案内で武器製造工場を見学したという話を思い出した。軍事機密施設に外国人を連れていけるのだから、林は軍内部ではそれなりの高い地位にあるのだろう。

もっと知りたい。中国で製造された拳銃が、この男を通じてどういうルートを辿り、国内に持ち込まれているのか。また持ち込まれた拳銃はどこに消えていくのか。

飢えるように切望している椎葉に、林が妙なことを言いだした。

「柴野さん、私あなたのこと、とても気に入りました。もっとお近づきになりたいです」

「……私も同じ気持ちですよ」

椎葉が同意すると、不意に林は立ち上がって椎葉の隣に座り直した。

「今夜はゆっくりできますか？　よかったら、泊まっていってください……」

粘っこい笑顔を浮かべた林が、強く手を握ってくる。椎葉は平静さを装いながらも鳥肌を立てた。安東の忠告が現実になったようだ。

「林さん。すみませんが、私はそっちの気はないんですよ」

手を引き抜き、やんわりと断りの言葉を口にした。椎葉は金で買われる男娼《だんしょう》ではない。いくら好き者の林でも、大事な取引相手にしつこく迫ってくることはないだろうと思っていたのだ。

「なんでしたら、可愛い男の子がいるお店を紹介しましょうか?」

にこやかに笑い、椎葉は腰を上げた。今夜の接触はこれで打ち切るつもりだった。女をひどい目に遭わせたことを知っているせいか、生理的な嫌悪感が先だって、これ以上、林のそばにいるのは我慢できない。

「私はあなたがいいんですよ」

林が強く腕を掴んできた。酒がまわっているせいか、引っ張られただけで簡単にバランスが崩れてしまった。

「離してください」

手を振りほどこうとして身体を捩《ひね》ったら、頭がクラッとした。目眩《めまい》は止まらず、椎葉は咄嗟に床に膝をついた。酒に弱いわけではないのに、と訝《いぶか》しく思いながら額を押さえる。そうしていると、手足まで痺《しび》れてきた。

おかしい。これはただの酔いではない。ソファーに手をつき必死で上体を支えたが、次第にそれすらも困難になってくる。

「大丈夫ですか？　慣れないお酒で酔ったみたいですね。ベッドで休んでください」

「……酒に何か入れたんですか？　林さん、一体、どういうつもりで……っ」

林は相変わらずのにこやかな顔で椎葉を見つめていた。能面のような笑顔が薄気味悪い。

「こんな、卑劣な真似をするなら……、あなたとは、取引……しませんよ……」

「最初から取引などするつもりはないんでしょう？　椎葉さん。あなたは刑事なんだから」

心臓が止まりそうになった。椎葉は朦朧《もうろう》とする意識を奮い立たせ、林をにらみつけた。いつばれたのだろうか。そんなへまをした覚えはない。

「どうして刑事だってことがばれたのか、まだわかりませんか？　じゃあ、教えてあげましょう。あなたに差し上げた玉石の香炉。あれに木製の台がついていたでしょう。その中に盗聴器を仕込んであったんです。あなた、私と会った後、渋谷のマンションで上司とも会いましたね。後を尾けた部下がふたりの会話を聞いてました。あなたのようなきれいな人が刑事だったなんて、びっくりしましたよ。本当に惜しいですね」

自分が捜査対象となっているのに、林に怯えた気配はなかった。中国政府がバックについているという自信から生まれる余裕なのだろうか。

「上司は私の捜査を止めてましたね。当然の判断です。なのに、あなたは単独で動いている。命令に背くなんていけない人だ」

林はしゃがみ込むと椎葉の身体を抱きかかえた。大きな男ではないのに、やすやすと椎葉を持ち上げる。抵抗しようにもまるで力が入らなくて、ベッドに下ろされた後、造作もなく着ていた物をすべて剝《は》ぎ取《と》られた。林は椎葉を裸にすると、そばに置いてあった鞄《かばん》の中から奇妙なものを取り出した。

林が持っているはSMプレイなどで使用される、黒い革製の拘束帯《こうそくたい》だった。ご丁寧に鎖《くさり》までついている。椎葉はゾッとして、ベッドの上で逃げようと足搔《あが》いた。けれど指先がなんとか動かせる程度では、どうしようもなかった。

首に太い革のベルトを巻かれる。次に首から背中に繫がっている少し細いベルトで、後ろ手に両手首を繫がれ、上半身の自由を完全に奪われてしまった。

「よくお似合いですよ」

「こんな……ことを、して……無事で済むと、思ってるのか……」

椎葉の切れ切れな声に林が振り返る。手に持ったものを見て、椎葉は息を吞んだ。林はカメラまで持ち込んでいたのだ。

「何もあなたを殺すわけじゃない。そんなことをすれば、日本の警察だって黙っていませんからね。今から始めるのはただのプレイです。同意の上でのプレイ。あなたの恥ずかしい写真をたくさん撮ってあげますよ。あなたが捜査を諦めれば、写真は私だけが持っています」

「脅すつもりか……っ。そんな写真、ばらまかれたって、別にどうって、ことない……」

「本当にそうですか？　写真だけ見れば、あなたも楽しんでプレイしてるように見える。現職刑事のＳＭ写真なんて、とてもスキャンダルです。あなたは平気でも、ご家族はどう思いますか？」

そのひと言に椎葉は凍りついた。林の言う通りだったからだ。自分のことはいい。だが、自分の醜態は篠塚《しのづか》の立場にも影響を及ぼすはずだ。燦然《さんぜん》としたエリートの道を突き進んでいる義兄が自分のせいで失脚する。決してあってはならないことだった。

迂闊《うかつ》だった。林を甘く見すぎていたのだ。椎葉は自分の軽率さを呪いたくなった。

林がベッドの上に、ＳＭ用の鞭《むち》や大人のオモチャと呼ばれるものを並べ始めた。グロテスクな形状をしたそれらが、今から椎葉を苛《さいな》むのだ。

「薬の効果でしばらくは動けないと思いますが、感覚はちゃんと残ってるでしょう？　でないと楽しくありませんからねぇ」

あくまでも笑顔を絶やさず、紳士然としているのが不気味だった。

「最初に見た時から気に入っていたんですよ。あなた、本当にきれいです。そのプライドの高そうな顔が恥ずかしいことをされて、どんなふうに歪むのか見たかった。泣き叫んで許しを請うところを想像すると、とてもゾクゾクする……」

うっとりとした顔で林が鞭を手に持った。細い革製の鞭だ。それがなんの前触れもなく、椎葉の胸に打ち下ろされた。

「……っ」

胸から腹にかけて、斬りつけられたような鋭い痛みが走った。椎葉が痛みに耐えていると、林がすかさず二発目の鞭を振り下ろしてきた。激痛に息が止まる。痛みはしばらくすると、焼けつくような熱さへと変化していった。まるで炎で胸をあぶられているようだ。

「白い肌には鞭の跡がよく似合います。もっと可愛がってあげますからね。……その前に、これを使いましょう」

林が小さな包みを指でつまみ上げた。アルミの包装を剝がすと、中からはカプセルのようなものが出てきた。

「よく効きますよ。強い興奮がずっと続いて、どうしようもなくなります」

まさか、と思っているうちに、林の手が尻に伸びてきて、奥深い場所にカプセルを押し当てられた。どうやら座薬のようにして使用するものらしい。強い恥辱を覚えながらも、挿入の違和感に耐えた。

「しばらくしたら中で溶けだして、効果が出てきます」

次に林は椎葉を俯《うつぶ》せにしたまま、小さなピンクローターを手に取った。プラスチックでできた丸いローターは、苦もなく椎葉の秘部につるりと滑り込み、林がスイッチを入れると身体の奥で鈍い振動を開始した。

かすかなモーター音が響く中、林がカメラのシャッターを押していた。変態チックな拘束具で縛られながら、胸に鞭の跡をつけ、尻にオモチャを突っ込まれている自分の姿。それがフィルムに残されるのだと思うと、絶望で目の前が真っ暗になった。これが世間にばらまかれ、万が一、篠塚に見られたら――。

きっと軽蔑される。薄汚いものを見るような、冷たい目つきで見られてしまう。それが一番怖かった。想像するとたまらなくなる。

「さあ、次は前ですよ。こっちを向いて」

再び仰向《あおむ》けにされ、小さな突起のついた輪っかのようなものをペニスに装着された。それもバイブ機能がついているらしく、林が手に持ったスイッチを押すと強い振動が始まった。

「……――っ」

椎葉のものは振動による快感を味わい、ゆっくりと頭をもたげてきた。これぱかりは、自分の意思でどうすることもできない。羞恥と屈辱に苛まれている椎葉を、林は嬉しそうに眺めている。

「どうです。気持ちいいでしょう？　前と後ろ、どっちが感じますか。もっと強くしてあげましょうか。ほら」

林がスイッチを弄ると、アナルの奥で振動がさらに強まった。そんなところを刺激されて、どうしてこんなに感じてしまうのか不思議だった。

ペニスに巻かれたソフトリングは伸縮性のある素材でできているらしく、勃起した椎葉のものにぴったりと吸いつき、生々しく微細な振動を伝えてくる。だが射精へと導くほどの強い力はなく、それが椎葉の欲情をさらに高めていた。

「ああ、可愛いお口から、もうお汁があふれてきましたよ。このリング、たまらないでしょう？ こっちも強くしましょうね」

「嫌だ、もう……っ」

独り言のような拒否は無視され、ペニスへの振動もまた激しくなる。椎葉は絶え間なく襲ってくる執拗な刺激に身体をくねらせた。

「……は…ぁ、ん……ぅ……っ」

唇から漏れる声を必死で噛み殺す。快感は体内で竜巻のように渦《うず》を巻き、荒れ狂って椎葉を苛み続ける。自分の意思とは別に腰が浮き上がり、解放を求めるようにはしたなく揺れだした。

「そうそう。もっと腰を振ってもいいんですよ。気持ちいいって言ってごらんなさい。いやらしいことをたくさん言って、私を喜ばせてください」

林がまた写真を撮り始めた。林の目は欲情をたたえ、ぎらぎらと光っている。吐き気がするほど不快な顔だった。唇を閉ざし顔を背けた椎葉に、林が残念そうな声を出す。

「恥ずかしがり屋さんですね。でも素直じゃない子にはお仕置きが必要です」

林がピンクローターとソフトリングを引き抜いた。振動がなくなりホッとする。だが今度は激しい鞭での責めが待っていた。強弱をつけながら、林が椎葉の身体中に鞭を振り下ろす。

「……っ、う……っ」

椎葉は痛みに仰《の》け反《ぞ》り、唇を噛みしめた。みっともなく許しを請う真似だけはしたくない。どんなひどいことをされても、毅然とした態度だけは最後まで守り抜きたかった。自分が自分であり続けるために——。

「じゃあ、そろそろこっちを使いましょうか」

鞭打つのをやめ、林はオモチャの中で一番大きなサイズのバイブレーターを手にした。表面は毒々しい突起で覆われている。あんなものを中で激しく動かされたら、と思うと恐怖に身体がすくんでしまった。

「この大きなバイブどうです？　なかなかすごいでしょう。これをその可愛いお尻にぶち込んであげますよ。奥までたっぷりとね。ああ、でも感じてしまってはお仕置きにならないから、ローションはなしです」

椎葉の腹の下に枕が押し込まれた。腰が少し浮き、尻だけが高くなる。林が双丘を撫で回しながら、狭い器官の入り口にバイブを押し当ててきた。

「あんまり後ろの経験ないですか？　ここもすごくきれいです。色も形も処女のようだ」

身体は強ばり、バイブの侵入を必死に拒んでいる。なけなしの抵抗をあざ笑うように、林が手に力を込めるのがわかった。入ってくる。あの大きなものが――。

覚悟したその時、何かが聞こえた。林も手を止める。それはノックの音だった。静かに、だが執拗にノックは続いている。

「……誰ですか。いいところなのに」

不機嫌そうな顔で林がベッドから離れた。訪問者の応対に出た林の姿は、椎葉のいるベッドからは見えない。

「なんですか？」

「こちらに田中《たなか》様がご宿泊していらっしゃると伺ってお邪魔したのですが」

「はあ？　何かの間違いでしょ。フロントで確認――な、なんだ？　おいっ」

林の言葉が途切れたかと思うと騒がしい物音がして、すぐ呻き声のようなものが聞こえた。不穏な空気を察知したが動くことはできず、椎葉はベッドの上で、かすかに伝わってくる気配だけを感じ取っていた。ドアのところには数人の人間がいるようだった。

壁の向こうからふたりの男が現れた。地味な背広を着た男たちは、林を両脇から支えている。当の林は意識がないのかぐったりとしていて、なぜか頭を黒いナイロン袋で包まれていた。椎葉は全身を緊張させた。

「お前ら、なんだ……?」

必死で起き上がろうとしたが、頭が少し持ち上がっただけだった。椎葉の問いを無視し、片方の男が背後を振り返った。

後ろから現れた人物を見て、椎葉は呆然とした。驚きのあまり口も目も、馬鹿みたいに開きっぱなしになった。

「……なんで、お前、どうしてここに……っ?」

宗近《むねちか》が自分の唇の前でスッと人差し指を立てた。何も喋るなという合図のようだが、椎葉には何がなんだかわからない。宗近の隣にいた鹿目《かなめ》が素早く椎葉の後ろに回り、拘束帯をガチャガチャと弄《いじ》り始《はじ》めた。だが簡単には外せないことがわかったのか、宗近に向かって「駄目です。鍵が必要です」と首を振った。宗近は忌々しそうに舌打ちしたかと思うと、ベッドのシーツで全裸の椎葉を包み込み、あっという間に肩に担《かつ》ぎ上《あ》げた。

「おい……っ」

逆さの状態で身を捩《よじ》ったがまだ力が入らない。鹿目は男たちに「頼んだぞ」と言うと、宗近の前に立って歩き始めた。ドアを開け、周囲を確認し、素早く廊下を進んでいく。椎葉を担いだ宗近が後に続いた。

従業員専用らしきエレベーターに乗り込み、どこかの階で降りると「こっちです」とまた新たな声が聞こえた。シーツの隙間から、かろうじてホテルマンの制服だけが見える。どこをどう通ったのか、気がつけば業者が出入りするような通用口に出ていた。

駐めてあったベンツの運転席に鹿目が乗り込むと、宗近も後部座席に入り椎葉を下ろした。三人を乗せたベンツはタイヤを鳴らしながら急発進し、ものすごいスピードで公道へと飛び出していく。しばらく走った後、宗近がやっと口を開いた。

「鹿目。尾行はどうだ?」

「今のところないようです」

「そうか。……椎葉。もう顔を出してもいいぞ」

宗近がシーツをめくってくる。座席に横倒しにされていた椎葉は、宗近の助けを借りて身体を起こした。

「車を降りたら、拘束具を外してやる。もう少し我慢しろよ」

「何がなんなのか、全然わからない……。説明しろ……。さっきの男たちは、誰だ。……まさか林を、殺したのか?」

まだ上手く喋れず、途切れ途切れに言葉を口にする。それでも薬の効果はだいぶ薄れてきたのか、少しは身体に力が入るようになってきた。

だが後ろに入れられた薬のせいなのか、下腹部がやけに熱かった。中で溶けだした薬が粘膜に吸収され、効き目を発揮し始めているのだろう。

「あんなやばい相手、殺すわけがないだろう。ちょっと眠ってもらっただけだ。あいつらは俺の舎弟みたいなもんだよ。林を見張っておく必要があるから残らせた」

まだ事態が呑み込めない。混乱している間に、車はいつしか閑静な住宅街の中へと入り込んでいた。鹿目はこぢんまりとした一軒家の前で、ベンツを停車させた。

「ここは……？」

「俺の隠れ家だ。自分で歩けるか？」

頷いて宗近の後に続き車を降りようとしたが、一歩踏み出した途端、膝がガクッと折れて転びそうになった。すかさず宗近が抱きとめてくれたので、無様に倒れずに済んだが、まだ自分で歩くのは無理のようだった。

「馬鹿野郎。歩けないなら素直にそう言え。ったく、強情張るなよ」

先回りして玄関のドアを開けて立っていた鹿目は、ふたりが中に入ると無言で頭を下げた。

「尾行もないようですし、ホテルに戻ります。念のため、外に他の者を張り込ませておきます」

「ああ。あとは頼んだぞ」

鹿目を見送ると宗近は家の中に入り、椎葉を横抱きにしたままベッドのある部屋に足を踏み入れた。ベッドの上に下ろされ、椎葉は溜め息をついた。物のようにあちこち運ばれてはかなわない。

「……なんの薬を盛られた？」

「わからない。最初は酒と一緒に、身体が動かなくなる薬を飲まされて、次は何かの興奮剤みたいものを……」

どこに入れられたのかまでは、さすがに言えなかった。最初の薬よりも、あとの薬のほうが厄介だった。入れられた場所がジンジンと疼《うず》き、むず痒い。それに身体全体が熱っぽい。そのせいか皮膚も異常に過敏になっていて、どこに触れられても奇妙なほどゾクゾクするのだ。風邪の初期症状に少し似ているが、悪寒《おかん》のような気持ち悪さはなく、ふわふわとした高揚感が増しつつある。

やたらと喉が渇き、息も乱れてきた。自分が自分でないようで不安定な気分だった。

「……宗近。早くこれを外してくれないか」

宗近に向かって訴える。手首が擦れて痛くなってきたし、いつまでもこんな格好を宗近の前にさらしていたくはない。

「ふん。いい格好だな。しばらくそのままでいろよ。自業自得ってもんだ」

棘《とげ》のある言い方が気に障り、椎葉は咄嗟に反論していた。

「仕方がないだろう？　俺は安東のためにも、林をどうしても――」

最後まで言い終えることはできなかった。突然、大きな手で頬を叩かれたのだ。

「馬鹿か、お前は。何が安東のためだ。お前が無茶なことをして、あいつが喜ぶとでも思ってるのか？　お前のはただの自己満足だ。色仕掛しかできないなら、デカなんかやめちまえ」

叩かれたことよりも、投げつけられた言葉のほうがショックだった。自分のすべてを頭から否定されたような気分になる。

「……お前に何がわかる。俺はひとりで捜査してるんだ。誰にも頼れない。多少の無茶くらいしなきゃ、情報なんて摑めないんだよ……っ」

宗近に言われなくても、自分が愚かだということはわかっていた。宗近よりも自分自身に対して、激しい怒りが湧いてくる。

不意に泣き喚きたいようなヒステリックな衝動に駆られ、椎葉は上半身をねじ曲げベッドの上に突っ伏した。どうしようもない苦い涙が湧いてきて、肩が震え嗚咽《おえつ》が漏れた。

宗近が隣に座り、椎葉を抱き起こした。椎葉の乱れた髪を撫でながら、「泣くなよ」と息を吐く。

「……悪かった。ぶったことは謝る」

ぶたれたから泣いてるんじゃない。そう言ってやりたかったが、何を言ったところで、みっともない言い訳にしかならない。椎葉はぐちゃぐちゃになった気持ちを必死になって落ち着かせた。

宗近はいつも椎葉の感情の揺れを増幅させる。なぜこの男と向き合っていると、こんなにも心が乱れてしまうのだろう。この男の一体何が、自分をこんなにも感情的にさせるのか。

「ついカッとなっちまったんだ。俺が止めたのに林に近づいて、結局このざまだ。お前があんな野郎に好き勝手されるのは我慢ならない。部屋に入って乱れたお前の姿を見た時、腸《はらわた》が煮えくりかえりそうになったぞ」

嫉妬のような言葉を耳元で囁かれると、妙な気分になってくる。宗近の言い分はヤキモチ焼きの恋人のようだ。

「自分を粗末に扱うな。お前はそんな安っぽい男じゃないはずだ」

宗近の言うことはおかしい。まるで援助交際をしてる相手の女子高校生に向かって、売春はよくないと説教するオヤジみたいだ。自分もいやらしい取引を持ちかけたくせに、まったくもって矛盾している。

けれど反発心はあるのに、不快には感じなかった。それどころか、広い胸に抱かれながら甘い言葉を聞いていると、守られているような強い安心感が湧いてくる。

宗近が椎葉の首筋に顔を埋《うず》めてきた。柔らかな唇と熱い吐息に、身体が敏感に反応してしまう。悟られたくなくて身体を引くと、宗近が尋ねてきた。

「薬が効いて苦しいんだろう？」

浅い息を繰り返す椎葉の顔を、宗近がそばでじっと見つめている。

「……ああ。だから頼む。あんまり触らないでくれ」

椎葉の声音はいつもより弱々しい。自分で自分の身体がコントロールできないという状況は、心を弱くしてしまうのだろうか。

「無理だな」

いつもの傲慢な雰囲気を取り戻した宗近が、意地の悪い笑みを浮かべた。

「触るなって言っても、それはできない相談だ。お前、今の自分がどんなにそそる顔をしてるのか、自分でわかってないのか？」

「何を馬鹿な……」

言いかけて息を呑んだ。宗近の手が、身体を包んでいるシーツの隙間から入り込んできたからだ。熱い手のひらが、椎葉の内股を揉むように撫でてくる。きわどい部分まで迫ってきた手に、椎葉は肩を揺すった。

「よせっ、本当にやめてくれ……っ」

宗近の手が容赦なく椎葉の芯を持ったペニスに辿り着く。両手の自由を奪われたままでは、どうしようもなかった。

「もう勃ってるのか。いや、ホテルからずっと勃ちっぱなしか？　これじゃあ辛いだろう。俺が今から楽にしてやるよ」

「いいっ。その必要はない。この手枷《てかせ》さえ外してくれたら、自分で処理するっ」

「悪いが今夜はお前のオナニーショーに用はない。そうだ。たまった借りは、今夜全部返してもらおうか」

宗近が椎葉の肩を押す。ドサッとベッドの上に倒れた椎葉の胸を押さえ込みながら、宗近が背広の上着を脱ぎ捨てた。

「宗近っ。借りならまた別の機会に返してやるから、本当に今夜は勘弁してくれ……っ」

奇妙な薬のせいで、いつもとは違う自分の身体。こんな状態で宗近に触れられれば、どうなってしまうのか――。

「俺は今夜がいいんだよ。観念しろよ。……椎葉。今、お前を抱きたい」

低い声でストレートに求められると、身体が小さく震えた。それが恐怖のためなのか期待のためなのか、もはや椎葉自身にさえわからない。

宗近の手によって、シーツを一気に剝ぎ取られる。椎葉は目を閉じた。全裸なら最初の夜にさらしている。けれど今は、あの時には感じなかった、強い羞恥を感じていた。

股間の昂りに伸びてきた手が、リズミカルな動きで椎葉を責め立ててくる。すでに欲情の浅い波の中にいた椎葉には、強すぎる刺激だ。そこだけではなく、身体全部が熱い。たまらないほど火照《ほて》って椎葉の理性をとろけさせていく。

いつしか椎葉は宗近の手の動きに合わせ、腰を揺らし始めていた。身もだえしながら、何度も頭を振る。自然と足が開いてしまう。そんな自分が嫌でたまらないのに、身体は悲しくなるほど正直だった。

「一度、達ったくらいじゃ、治まりそうもない感じだな」

激しく動いていた手の動きが、急に止まった。快感の高みで突然放り出された椎葉は、もどかしさのあまり泣きそうになった。たまらず目を開くと、自分を見下ろしている宗近と目が合った。

「——言えよ」

「え……？」

「抱いて欲しいって言えよ。自分から俺を誘ってみろ」

宗近が愛撫を再開しながら、言葉を強要してくる。動きはあまりにもソフトで、焦らすことを目的にしているとしか考えられなかった。

「抱いてくれと言えたら、欲しいものはなんでも与えてやる。なんならお前のエスにだって、なってやってもいい」

宗近が身体と心、同時に揺さぶりをかけてくる。巧妙なやり方だった。その誘いに心が揺れなかったといえば嘘になる。けれども宗近の望む言葉は、どうあっても言いたくなかった。仮にここで言いなりになって、宗近を自分のエスにすることができても、最初から力関係が決まってしまっていては、宗近を使いこなすことなど不可能だからだ。

何よりも、この状況が椎葉にそれを許さなかった。自由を奪われた状態で理性を棚上げにしたまま、宗近に屈服する。刑事としての、そして男としてのプライドを捨てるも同然だった。誰に抱かれることも、跪くことも、自分の意思で決めたことでなければならない。今の椎葉に残された唯一のプライドだった。

「……いくら待っても無駄だ。抱いてなんて言葉は、一生待っても聞けないぞ」

絶え間なく襲いかかってくる欲情の波に耐えながら、椎葉はきっぱりと答えた。

「いい心構えだ。……けど、どこまで保つかな」

宗近が椎葉の身体を裏返し、双丘を摑んだ。間髪容《かんはつい》れずに指が秘部に差し込まれる。ピリッとした痛みを感じ、椎葉は顔を歪めた。

「ここに薬を入れられたんだろう？　中で溶けて、もうぐずぐずになってる」

疼いている場所を指で深く抉《えぐ》られる。痛みはなく、泣きたくなるほどの強い快感だけがあった。

クチュクチュといやらしげな濡れた音を立てて、小さな穴は宗近の指を呑み込み続けている。

「……あ、んぅ……っ」

狂いそうになる。どれだけ我慢しようが、感情も理性も置き去りにして、身体は歓喜しながら強烈な快感を受け入れていた。

「指一本じゃ、とても我慢できないだろう。もっと太いもので、隙間なくここをいっぱいにされて、激しく擦り上げられたくはないのか？」

囁きにさえ興奮が加速する。欲しかった。そこに宗近の雄を迎え入れ、何も考えられないほど、激しく責め立てられたい。飢えにも似た、果てのない欲情だった。

「言えよ。もうどうしようもないんだろう？　ひと言欲しいと言えば楽になれる。……椎葉。警察なんか辞めて、いっそ俺のところに来ないか。大事にしてやるぞ」

椎葉の目を覗き込む宗近の顔は真剣だった。いつもの冗談ではないらしい。椎葉は息を乱しながら、必死で頭を振った。

「……無理だ。俺はこの仕事を辞める気はない。だから、お前のものになれない……っ」

無言の攻防のように、ふたりの視線が強く絡み合う。宗近は目をすがめて椎葉を見つめていた。

椎葉の気持ちがどうあっても変わらないことを知ったのか、深い溜め息をつくとゆっくりと身体を起こした。

「俺のものになるのは、そんなに嫌か。……本当に強情な奴だ」

宗近は待ってろ、と言って一度、部屋から姿を消したが、すぐにケーブルカッターのようなものを手に持ち、戻ってきた。チェーンの部分を切断され、ベルトも外される。椎葉はやっと自由になった。

「あとで鹿目がお前の服を持ってくるだろう。しばらく待ってろ」

椎葉は部屋を出ていこうとする宗近を呼び止めた。

「お前はどこに行くんだ?」

「俺はマンションのほうに帰る。敗者はおとなしく退散するよ」

いつもの覇気がない宗近の姿に、胸が苦しくなった。自分のプライドを貫こうとして、結局はこの男のプライドを踏みつけてしまったのだ。

ここで別れれば、もう次に会うことはないとわかっていた。どれだけ上から命令されても、もう椎葉は宗近に近づけないだろう。そこまで無神経な人間にはなれそうもない。

どうして自分たちは、勝ち負けにこだわらずにはいられないのだろうか。

「じゃあな、椎葉。……結構、楽しかったよ」

宗近がドアを開ける。去っていく背中を見ていたら、とても黙って見送ることなどできなくなった。駄目だ。このまま行かせてはいけない。まだ、この男とは終われない。

「待て、行くな……。行かないでくれ、宗近」

椎葉の切羽詰まった声に、宗近が足を止める。

「こっちに来い。ここに戻ってこい……っ」

ベッドの上から叫ぶように言い放つ。宗近が怪訝そうに振り返った。

「どうしてだ?」

椎葉は瞬きもせず宗近を見上げていたが、覚悟を決めて唇を開いた。

「お前が欲しいからだ。誰よりも、お前が欲しい……」

自分で言っておきながら、今にも顔から火を噴きそうだった。宗近は険しい顔つきで、ストレッチ運動のように首を回し始めた。

「……わけがわからん」

「うるさいっ。いいから来いって」

宗近がしかめっ面のまま、ゆっくりと近づいてくる。椎葉は獲物を狙う豹《ひょう》のようなしなやかさで、たくましい腰に素早く飛びついた。抱きしめられた宗近は唖然としている。

「……これはどういうシチュエーションなんだ?」

「俺がお前を捕まえた場面だ。俺のものになれ、宗近」

宗近が「それは俺のセリフだろう」と反論する。

「違う。俺がお前のものになるんじゃない。お前が俺のものになるんだ」

ますますわけがわからないといった顔で、宗近が椎葉の顎を掴み、自分のほうに向けさせる。

「どっちでも同じようなものだろう。……それほど俺が欲しいのか？」

「欲しい。喉から手が出るほど欲しい」

宗近を無心に見上げながら、椎葉は強く答えた。

「お前が欲しいのは、エスとしての俺なんだろう？」

宗近の質問に椎葉は一瞬、黙り込んだ。エスとしての宗近も欲しいが、ひとりの男としての宗近も欲しい。ふたつの気持ちは似て異なる。場合によっては真っ向から対立し、椎葉を苦しめるだろう。それに宗近との今後の関係を思えば、プラスにもマイナスにもなる厄介なものだった。

けれどどちらも欲しい。強欲だと言われても、片方だけでは駄目なのだ。ごちゃごちゃと面倒なことを説明しても、きっと自分の気持ちは宗近に真っ直ぐは伝わらない。今、言ってやれる言葉だけを正直に口にすることにした。

「エスは俺の大事なパートナーだ。俺は何があっても、決してエスだけは裏切ったりしない。もしもエスの身に危険が及んだ時は、俺が守ってみせる。命がけで、全身全霊を傾けて。俺にとってエスとはそういう存在だ」

それは宗近に対しての誓いであると同時に、安東を守りきれなかった自分への戒《いまし》めの言葉でもあった。ふと、椎葉の脳裏にベテラン捜査員、竹原《たけはら》の言葉が蘇ってきた。

『エスってのは、自分の女と一緒だ』

確かにその通りだった。生半可な想いでエスを抱えてはいけない。今は心からそう思う。

「なるほど。そこまで言われちゃあ、不足はないな」

宗近にも椎葉の覚悟は伝わったのだ。瞳から椎葉の内心を探るような色は、すっかり消えていた。

「ところでお前のものになったんだから、もう餌は食い放題なんだよな?」

宗近らしい誘い文句に、椎葉の唇から微笑みがこぼれ落ちた。

9

着ていたものをすべて脱ぎ捨てた宗近《むねちか》が身体を重ねてきた。肌と肌が深く合わさる。人肌の温もりがたまらなかった。ふたりを隔《へだ》てるものはもう何もないという、些細な事実に椎葉《しいば》の興奮はまた高まっていく。

裸で抱き合ってすぐ、気づかされた。自分は宗近という男にずっと飢えていたのだ。存在のすべてを手に入れたがっていた。せき止めていた欲望が泉のように湧き出してきて、自分でも少し怖くなったほどだ。決して薬の作用だけではない。

「お前、男は本当に初めてか？」

「そうだよ。何度も言わせるな」

口では強気なことを言っていても、劣情を抱えた下肢は淫らに揺れて、宗近の刺激を待ちわびている。

宗近が椎葉の白い胸に指を滑らせた。鞭の赤い跡に触れられると、皮膚がぴりぴりと痛む。

「林《リン》の野郎め……。ベッドの周りに面白そうなオモチャがたくさん転がっていたが、あれも使われたんだろう？」

「……ピンクローターと、あれはなんていうんだ？　ペニスに巻くバイブみたいなの。それで後ろと前を同時に責められた」

宗近が「あの助平《すけべ》オヤジっ」と吐き捨てた。

「で、どうだったんだ。オモチャで感じたのか？　気持ちよくて癖になりそうだったか？」

「そうだな。感じたよ。すごく気持ちよかった。……けど、癖になるほどのもんじゃない。俺はこっちのほうがいい」

椎葉はすでにふたりの間で硬く反り返っている宗近のものを手で握った。

「これが欲しいのか？」

「欲しい」

椎葉に応酬するように、宗近の大きな両手が双丘をギュッと摑んできた。

「ここに挿《い》れて欲しいのか？」

「ああ、そうだ。お前のが欲しい。焦らさないで早く挿れろよ……」

椎葉の素直な言葉に宗近が笑った。椎葉も笑って宗近の腰を抱きしめる。

「ったく、そっちの経験もないくせに、言うことだけは一人前だな。あとで嫌だって言っても聞いてやらないからな。……でもまずはお前のものから可愛がってやる」

「俺はもういいから……あ、は…ぅ…っ」

抗議の言葉が途中から甘い嬌声《きょうせい》に変化したのは、宗近が椎葉の股間に顔を埋めたからだった。いきなり口腔に深く咥《くわ》え込《こ》まれたせいで、急激な快感の渦に呑み込まれる。

「ん、ふぅ……っ」

張りつめた椎葉のペニスを、宗近の舌がねっとりと舐め上げた。先端のくびれを甘噛みされ、音がするほど唇で扱かれる。あまりの心地よさにもう声も出ず、椎葉は大きく喘いで宗近の髪を激しくかき乱した。長い間、勃ち上がっていたせいで、宗近の濃厚なフェラチオにすぐ耐えられなくなった。

「も……う、ぃ……く……っ、ああ……宗近……っ」

背筋を仰け反らせ、頭を振り、切ない声を上げる。椎葉は我慢できず、いっそう愛撫を深めていく男の口に精を放った。

息を弾ませながら快感の余韻に目を閉じていると、宗近が心臓のあたりに口づけてきた。

「なんて声出すんだよ。聞いてるだけで達きそうになったぞ」

「……達けばよかったのに……。俺の声だけで……」

「馬鹿言うな。本番前に暴発するマグナムなんて、三流もいいところだ」

笑いながら椎葉が「じゃあ、暴発する前に挿れてくれ」と言うと身体を返された。背中から覆い被さってきた宗近が、尻の肉を執拗に揉んでくる。宗近の視線にさらされたまま、そこを開かれる。恥ずかしささえも、今は興奮をかきたてる要因になっていた。

「何かで濡らしてやろうか?」

「……いい。まだ薬が残ってるようだから」

「力抜いてろよ」

囁きの後、やっと宗近の雄が入り口にあてがわれた。焦れったいほどに、ゆっくりと押し進んでくる。指とはまるで違う質量に、引き裂かされるような痛みが湧いたが、薬のせいなのか思ったほどの苦痛はなく、逆に宗近の慎重さがもどかしいほどだった。ゆるい動きでは刺激が足らず、椎葉は自ら腰を揺らし始めた。

「……もっと、ちゃんと動け……」

行為を促した椎葉に、宗近が「じっくり楽しませろよ」と文句を言う。しかし興奮を募らせていたのは宗近も同じようで、すぐに自身を大きく動かし始めた。

途端に強い快感を感じた。宗近の大きなもので内壁を擦られると、繋がった部分から頭のてっぺんまで、痺れるような甘い電流が駆け上がっていく。

もっと擦って欲しい。強く穿って欲しい。自分の貪欲な欲望が椎葉をたまらなくさせる。

「くそ。お前、よすぎるぞ。たまらん。……このままだとすぐ達っちまいそうだから上になれ」

無理やり身体を引き起こされ、膝の上に座らされた。向き合って繋がると、それまで感じなかった恥ずかしさが芽生え、椎葉は困ってしまった。

「どうすればいいいんだ……」

「好きに動けばいい」

躊躇《ため》いがちに腰を動かし始めたが、宗近の視線が気になって行為に没頭できない。

「……お前も起きろ。見られていると動きづらい」

腕を掴むと宗近は渋々身体を起こしたが、椎葉の胸をしつこいほど舐め、同時に手で前の昂りを刺激してくる。椎葉が嫌がると、宗近は「足りないんだよ」と耳元で囁いた。

「メインディッシュだけじゃ食い足りない。おやつも与えろ」

後ろに深々と宗近の雄を咥え込んだまま二か所を刺激されると、段々とどこがどう感じているのかもわからなくなってしまう。興奮はとどまるところを知らず、椎葉は夢中になって身体を揺らし続けた。

「……っと、宗近……ああ……っ」

「もっと？　もっと激しくされたいのか？」

問われて何度も頭を振る。宗近が下から何度も強く突き上げてきた。その度、椎葉の唇から堪えきれない甘い声があふれてくる。声まで味わうように、宗近が激しく口づけてきた。キスそのものがセックスのように、互いの口腔を探り合い、吐息まで奪い合う。

もう長く保たない。射精とは違う絶頂の予感が、感極まった身体に満ちていた。椎葉は宗近の膝から下りると、自ら四つん這いになって挿入を求めた。

「来てくれ……後ろからお前に責められたいんだ……」

振り向きながら、腰を揺らして男を誘った。宗近が「お前な……」と絶句する。

「そんないやらしい言葉、口にするな。やり殺したくなる」

宗近が腰を摑んで、一気に貫いてきた。椎葉は背中を反らし、尻だけを高く掲げ、さらに深い結合をねだった。浅ましい姿も恥ずかしい姿も、今はすべてさらけ出せる。宗近を無心に欲しがる素直で淫らな自分を、心のどこかで愛おしく思っているからかもしれない。

初めての夜、宗近の言葉を借りて想像した淫蕩な自分が、今の自分の姿とオーバーラップする。今となってはあの瞬間が、すべての始まりだったと思える。

「宗近……、駄目だ……たまらない、どうにかなる……っ」

心と身体が同時に昂って、理性がどこかへと吹き飛んでいく。あれほど強気で自分のものになれと言った男。今はその男のものになりたくて狂いそうだった。

全部奪って欲しい。すべて食らい尽くして欲しい。この身体すべて。心もすべて。何ひとつ残さず、お前のものにしてくれ——。

「俺のほうがどうにかなりそうだよ。これ以上、乱れるな。頭が沸騰する」

囁きにすら快感を覚える。宗近という存在自体が、椎葉を危険なほど感じさせるのだ。

「ああ、達く……、もう、あ……う……っ」

感極まった身体がそこに向かって堕ちていく。上昇という名の落下。心と身体がバラバラに分解されるような、それでいて融合してひとつになるような、不思議な一瞬。

「……――っ」

呼吸すら忘れ、椎葉は最奥《さいおう》まで宗近を受け留めた。あとは深すぎる快感の淵《ふち》へと墜落していくだけだった。


指一本を動かすのも億劫《おっくう》だったが、どうしても一服したくなった。

「煙草、あるか?」

椎葉の言葉に、宗近が「ああ、どこかにあったな」と部屋を歩き回る。

「あった。ほら」

ライターと共に差し出された煙草を受け取り、横たわった格好で気怠《けだる》く吸い始める。心地よい疲労感とは言い難い、精も根も尽き果てたような気分だった。シャワーを浴びたかったが、とても動けそうにない。

「煙草はやめろ。身体に悪いぞ」

「お前は俺の母親か。ヤクザの言うセリフとは思えないな」

宗近が「ヤクザだって健康第一だ」と答え、椎葉の唇から勝手に煙草を奪い取り、灰皿に押し込んだ。

「……寒い」

「ん？　暖房、強くするか？」

「馬鹿。ここに来いって言ってるんだよ」

毛布をめくった椎葉に、宗近がフフンと鼻を鳴らす。

「もう一ラウンド開始するか？」

「しない。本当に寒いだけだ」

俺は湯たんぽか、とぼやきながら宗近が隣に身体を入れてきた。どんな肌触りのいい毛布より、この男の温もりのほうが気持ちいい。

「……ところで、なぜあのホテルにお前が現れたんだ？」

「そりゃ、お前の危機を察してだな――」

「真面目に答えろよ。あれじゃあ、タイミングがよすぎだ。それに車の中で尾行がどうとか言ってたし。どういうことなのか説明してくれ」

宗近は「わかったよ」と溜め息をつき、事の真相を語り始めた。

「タイミングよく現れたのは、あの部屋に盗聴器を仕掛けていたからだ」

「盗聴器っ？」

「黙って聞けよ。……元々、俺は林《リン》を見張ってたんだ。あの男はかなり前からヤクザ相手にチャカを売り歩いていたんだが、やり口がどうにも汚くてな。うちの組を含めて、いくつかの組織でも文句が上がっていた。俺は表の仕事であいつと多少のつき合いがあったから、上の命令で林を探ることになった。調べているうちに、どういうルートでチャカを調達してるのか、どういう身分の男なのか、段々とわかってきた。あいつが日本で武器輸出の操作をしてるってのは前に言ったと思うが、実はチャカの密売はそれとは全然関係がない」

「なんだって？」

「あいつらは公務員みたいなもんだから、どれだけ武器輸出で外貨を稼いでも、わずかな給料しかもらえない。だから自分のコネクションを利用して日本にチャカを密輸し、それを売りさばくことを考えたんだ。要はサイドビジネスってやつさ。ところが鹿目《かなめ》にあいつを尾行させていたら、他にも尾行がついてることがわかった。どうも林はサイドビジネスを手広くやりすぎて、本国からもマークされていたようだな。たぶん、国家安全部あたりだろう」

国家安全部。中国の諜報《ちょうほう》機関のひとつだ。椎葉も詳しくは知らないが、各国に派遣された外交官などの監視を主な任務としているはずだ。

「どっちにしても相手が悪い。面倒なことに巻き込まれるのが嫌で、俺たちも下手に手を出せずにいたのに、どこかの無鉄砲なお嬢ちゃんが、林と接触し始めた。俺が忠告してやったのにも関わらずな」

「嫌みを言うな。……じゃあ、盗聴器は前から？」

「ああ。林はいつもあの部屋でチャカの取引をしていた。俺はすぐ隣の部屋を待機所にして、あいつが宿泊する時は必ず誰かに内偵をさせ、あとで報告を入れさせていた」

ホテル内に協力者がいたのも、そういうことか。ふと、椎葉は心配になった。

「今夜、林を取り押さえたのは、まずかったんじゃないのか？」

表情を曇らせた椎葉に、宗近が「まあ、しょうがない」と薄く笑った。

「どのみち、一度思い知らせてやる必要があったしな。相手を特定されるのは困るから、面が割れていない男たちに襲わせた。今頃、鹿目が日本のヤクザの恐ろしさを、林にたっぷり教えている。何、半殺しまではしない。骨折くらいなものさ。懲《こ》りれば無茶な商売もやめるだろう。いや、それよりも先に本国に送り返されて処分されるかもな」

その言葉に椎葉は沈み込んだ。中国に戻られてしまっては、もう捜査などできなくなる。

「……椎葉。今回は相手が悪かったんだ。諦めろ」

簡単には頷けなかった。逮捕が難しい相手だとわかっていても、みすみす取り逃がすのは口惜しい。慎重に手を考えれば、林を追い込む方法もきっと見つかるはずだ。

「直接の接触は無理でも、俺は林を諦めない。監視だけは続けるつもりだ」

「本当に頑固な奴だな。……まあ、そういうところがお前の味ってやつか。チャンスはまたくるさ」

「ああ。俺もそう信じてる」

「けど、意地の張りすぎはなんとかしろよ。過ぎれば身を滅ぼすことになるぞ」

宗近が真剣な口調で警告してきた。いつもなら「お前に言われたくない」と反発したところだろうが、さすがに今夜は素直になるしかなかった。

「わかってる。すぐ意地になるのは俺の悪い癖なんだ」

安東《あんどう》の情報を無駄にしたくないという気持ちから、十分な調査もせず林に接触してしまったが、その裏には別の焦りもあったような気がする。中途半端な気持ちで刑事を続けてきたせいか、いつしか椎葉は見えない不安と迷いに囚われていたのだ。だから確かな結果を得ることで、これまで進んできた道は間違ってはいなかったのだと、自分自身に証明したかったのかもしれない。

「自分でも、よくわかってるよ……」

寝返りを打って呟くと、宗近が後ろから抱きしめてきた。

「ちょっと眠れよ。疲れただろう。鹿目が来たら起こしてやる」

「……そうさせてもらう。なあ、宗近」

「なんだ」

「お前がつけてる香水はどこのものなんだ？」

椎葉の唐突な質問に、宗近が苦笑した。

「急にどうした」

「ちょっと気になっただけだ」

今も宗近の身体からは甘い香りがかすかに漂ってくる。じっくり嗅《か》いでいると官能的な気分になる、セクシーな香りだった。

「ゲランのランスタンだ」

ゲランか、と口の中で呟き、椎葉は目を閉じた。香水のことなど門外漢《もんがいかん》の椎葉でも、ゲランの名前くらいは聞いたことがある。

「ランスタンはフランス語で『瞬間』という意味らしい。この香水は最近の新作で、コンセプトは確か『恋に落ちる一瞬の感覚が、永遠に続くことを願う』だったかな」

「詳しいんだな」

香水をくれた女からの聞きかじりだ、と宗近が笑う。これほどの男なのだから、放っておいても女が近寄ってくることはわかっているが、特別な相手がいるのだろうかと思うと、少し悔しいような気分になってしまう。

「一瞬と永遠の同居なんて、ちょっと矛盾してるな」

そうだろうか、と椎葉は眠気の迫る頭で考えた。確かに一瞬と永遠という言葉は正反対の意味を持つが、時間という概念で考えるなら、一瞬の絶え間ない連続が永遠だと言えなくもない。

「椎葉？　もう眠ったのか？」

まだ意識はあったが返事はしなかった。宗近が椎葉の肩にそっと毛布をかけてくる。

ひと時の穏やかな時間だった。目が覚めれば、また走り出さなくてはならないが、今だけは何もかも忘れて眠りたい。宗近と身も心も裸になって求め合えた、一瞬の至福を胸に抱いたまま。

背中に心地よい宗近の温もりを感じながら、椎葉は安心しきった表情で、いつしか深い眠りへと落ちていった。

十二月二十四日。

街が一年で一番に華やぐ夜だった。店先にはクリスマスソングが流れ、そこかしこでイルミネーションが鮮やかに光っている。

また一年が終わろうとしていた。賑わう師走《しわす》の街を歩いていると、年の瀬らしい感慨が湧いてくる。ぼんやりとしていると時間に振り落とされそうだ。

林英和《リンヨンファ》の顔はあの夜以来、一度も見ていない。理由は椎葉が捜査を諦めたからではなく、林が中国に帰国してしまったからだった。果たして本人の意思なのか、それとも上層部に呼び戻されたのか、今となっては知る方法はない。

いつまでも、林にこだわってもいられなかった。街を歩き人と会って、どんどん情報を集めなければならない。欲しいのは生きた情報だ。今、そこに拳銃があることを知らせる、血の流れる新鮮な情報。そのためには足を使って動き回るしかない。

新宿駅の近くを歩いていたら、携帯が鳴った。取り出して着信を確認すると、画面には『篠塚《しのづか》』という文字が表示されていた。篠塚は滅多に携帯へはかけてこない。珍しいこともあるな、と思いながら電話に出た。

「もしもし」

「昌紀《まさき》。私だ。今、君の後ろにいるんだが、声をかけても大丈夫だろうか」

驚いて振り返ると、雑踏の向こうに篠塚が立っていた。左手をトレンチコートのポケットに入れ、自分と同じように携帯を耳に当てている。

潜入捜査員である椎葉に対しての、当然の配慮だった。なのに篠塚の丁寧さが、ふたりの今の距離を物語っているようにも思え、少し胸が苦しくなった。

「昌紀？　どうしたんだ」

「……いえ。俺はいいんですけど、こんな格好ですから、立ち話すると篠塚さんに迷惑がかかりませんか」

断る口実ではなく、本当に気兼ねしていたのだ。椎葉は夜だというのに色の濃いサングラスをかけ、すり切れたジーンズを穿き、派手なコートを羽織っている。一緒にいるところを誰かに見られでもしたら、篠塚によくない風評が立つかもしれない。

「そんなことは気にしなくていい。君がいいなら、少し話をしないか？」

椎葉は電話を切り、篠塚に近づいた。母子連れを見つめていた篠塚を見送ったのも、確かこのあたりだった。あの夜の切ない想いが、椎葉の胸にゆるやかに蘇ってくる。

「仕事中かな？」

「……はい。篠塚さんは、都庁からの帰りですか？」

「ああ。時間があるなら少し歩こうか？」

椎葉と篠塚はゆっくりとした足取りで、サザンテラスの方に向かって歩き始めた。遊歩道沿いの植栽には無数の電飾が施されている。眩《まばゆ》いほどに華やかなクリスマス・イルミネーションだ。

「仕事のほうはどうだい？」

「なんとかやってます」

当たり障りのない会話を続けた後、椎葉は切り出した。

「篠塚さん。例のお話ですが」

「ああ。やっと返事を聞かせてくれるのかな?」

「……すみません。試験は受けられません。俺はこのまま、ずっと刑事の仕事を続けていきます。迷うことも悩むこともありますけど、現場が向いてるんです。だから……」

意地のように選んだ仕事だが、今はまだ投げ出したくない。そこに居場所が見つけられなくても、たまらなくやりきれない時があっても、必死に向き合う道すがらで、これから掴み取れる新しい何かがあるはずだ。

希望というのとも少し違う。諦めとも少し違う。上手く言葉では言えない何か。それと出会えるまで、自ら選んだフィールドでやっていこう。今は心からそう思えた。

「そうか。君には君の考えがあるだろうから、私の気持ちを無理に押しつけるつもりはない。残念だが諦めることにするよ」

すでに椎葉の返事を予想していたのだろう。篠塚の顔はいつもと同じで穏やかだ。

「いろいろと気にかけてくださって、ありがとうございました。本当に感謝してます」

篠塚がキラキラと輝く一本の木を見上げ、「いいんだよ」と呟いた。

「……由佳里《ゆかり》と結婚した時、家族がふたり増えたようで嬉しかった。由佳里を大事にするのと同じくらいに君のことも大事にしたい、本気でそう思った。今もその気持ちに変わりはない。私はずっと君を、本当の家族のように思ってるんだ。どうかそのことだけは忘れないで欲しい」

篠塚の嘘偽りのない気持ちであることは、痛いほどわかった。わかったから何も言えず、椎葉は黙って俯くことしかできなかった。

自分はこの人に何も返せない。せめて昔のように、無邪気な顔で微笑むことができたらいいのにと思うが、それすらも今は難しい。

「今夜はよく冷えるな。……そろそろ戻ろうか」

踵を返した篠塚が、動こうとしない椎葉を不思議そうに振り返った。

「昌紀？　どうしたんだ」

「……俺はもう少しここにいます。先に帰ってください」

篠塚が寂しげに「そうか」と頷く。

「じゃあ、これを使いなさい。風邪をひくといけないから」

カシミアでできたワインレッドのマフラーが、椎葉の肩にふわりとかけられた。篠塚の体温が残るマフラーは、冷えた首筋にとても温かい。困惑して顔を上げる椎葉に、篠塚が「いいから」と微笑んだ。

「また一緒に食事でもしよう」

そう言い残して立ち去っていく後ろ姿を見ていたら、思わず声が出ていた。

「義兄《にい》さん……っ」

篠塚が振り返った。その表情には強い驚きが表れている。当然だった。由佳里が死んでふたりの仲がこじれてから、篠塚のことを一度も義兄さんと呼んでいない。

「マフラー、ありがとうございます。……今度、美味い日本酒でも持って、家に遊びに行きます。いいですか……？」

篠塚はしばらくの間、ぼんやりとしたような表情で椎葉を見つめていた。だが軽く目を閉じた後、また椎葉に視線を戻し大きく頷いてくれた。

「もちろんだよ。いつでも待ってる。楽しみに待ってるから。……ありがとう、昌紀」

ありがとう――。短かなひと言が胸に深く染み渡っていく。椎葉はマフラーを握り締めながら、駅へと向かって歩いていく篠塚を見送った。

まだすべてを受け入れることはできなくても、あの夜から篠塚に対するわだかまりが、胸の中で少しずつ消え始めているのがわかる。わだかまりは胸の奥に沈んでいた冷たい氷だった。融けだしたばかりでまだ冷たいかもしれない。けれどもう少し時間が過ぎれば、それは身体を巡る血と同じくらい温まり、椎葉の胸をも温めてくれるに違いない。

何かがひとつ終わったような気分だった。ひとりで抱え込んでいた難解な数式がやっと解けた。そんな感じに近かった。

感情で向き合う人と人との関係は、もちろん数式のようにきれいに解けたりはしない。足掻けば足掻くほど、余計にきつく絡まってしまうものなのかもしれなかった。だが、その気になりさえすれば、やり直すことはできる。自分の心ひとつの問題なのだ。

「……天下の往来で男といちゃつくな」

聞き覚えのある声に首を曲げると、そこにはもう見慣れすぎた顔の男が立っていた。

「神出鬼没っていうのか、ストーカーっていうのか。……なんでここにいる？」

「それはこっちが聞きたいね。俺はそこのサザンタワーでメシ食ってたんだよ。終わって出てきたら、口の悪い生意気な男が、しおらしい顔で男にマフラーなんか巻かれてやがる。お前、相手によって態度変えすぎじゃないのか？　あいつはなんだ？　まさかお前の新しいエス候補っていうんじゃないだろうな」

さっきの場面を見られていたのかと思うと、正直気恥ずかしかった。この男にだけは見られたくなかった。

「そんなんじゃない。さっきのは義理の兄だ。姉の夫」

「ほー。自分の姉の夫といちゃいちゃしてるのか。やっぱりいい根性してやがる」

不機嫌を丸出しにして歩きだした宗近を追いかける。

「なんだよ。ヤキモチか？」

「……餌」

「え？」

「餌をよこせ。腹が減った」

むっつりとした顔で宗近が椎葉を振り返る。

「さっき食べたって言ったじゃないか」

「そっちじゃない」

すぐに宗近の言いたいことを察し、椎葉は「あのな」と目を細めた。

「まだろくに仕事もしてないのに、餌だけ欲しがるってのは、厚かましくないか？」

「腹が減っては軍《いくさ》はできぬって言葉、知らないのか。それに普段から愛情かけて育てないと、犬も言うことなんか聞くもんか」

こんな馬鹿馬鹿しい会話も、すでにルーティンワーク化したやりとりになっている。これはこれで、ふたりにとってそれなりに重要なコミュニケーションの手段なのだ。

「今から家に来い」

「嫌だよ」

「来ないと女を連れ込むぞ」

「勝手に連れ込め」

素っ気なく答え、宗近の前を歩きだす。

「あ、おい、待て」

追いかけてくる宗近を無視して、椎葉は歩き続けた。

「お前、そんなんじゃ、俺に逃げられるぞ」

ぼやいて宗近が肩を並べてくる。椎葉は手に入れたばかりの自分のエス、宗近奎吾の横顔を眺めながら心の中で呟いた。

馬鹿言え。何があっても逃がしたりするもんか。

どんなに暴れてもきっちり手綱《たづな》を握り、最後まで乗りこなしてやるよ。

お前はもう俺のものだ。

俺だけの、大事なエス——。

# beast's
# pride

「社長。少しよろしいですか」

決済書類の束に目を通していると、鹿目《かなめ》が社長室に現れた。宗近《むねちか》が顔を上げて「なんだ？」と答えると、鹿目は静かな足取りでデスクの前までやってきた。

「東明《もとあき》さんから、お電話が入っております」

「東明から？」

宗近はデスクワーク中、プライベートな電話には一切出ないことにしている。だが相手が東明では、鹿目も取り次ぎの可否を一存で決めかねたのだろう。

「来客中だとお伝えしましょうか？」

「いや、出よう。繋《つな》いでくれ」

鹿目がデスクの上の電話に手を伸ばし、点滅しているボタンを押した。差し出された受話器を受け取って、宗近は弟の名前を呼んだ。

「東明か。どうした？」

「奎吾《けいご》、どうして昨日、来てくれなかったんだ。ずっと待ってたんだぞ」

「悪かった。どうしても外せない用があってな」

電話の相手は松倉《まつくら》組三代目組長、松倉東明だった。宗近の腹違いの弟で、今年二十六歳になる。

「来月の住谷《すみや》連合の二代目襲名披露《しゅうめいひろう》パーティには、同席してくれるんだろうな。いつもみたいに、間際になってすっぽかしたりしないでくれよ」

「わかってる。ちゃんと出席するから心配するな」

そう答えても、東明は何度も念を押してくる。疑り深いのはいつものことなので、宗近は辛抱《しんぼう》強く東明を言い含めた。

電話を切ると、頃合いを見計らったように鹿目がコーヒーを運んできた。

「東明の奴、住谷連合との顔合わせが近いから、苛ついているようだ」

松倉組は広域系暴力団・高仁会《こうじんかい》の傘下《さんか》組織だが、構成員は一千名を越える。直参《じきさん》の中では最大の規模を誇る暴力団だった。トップに立つ東明の重圧は、宗近にも察してあまりある。

「パーティには俺も出席する。スケジュールは空けてるな？」

「調整はできています。……ですが、本当によろしいのですか。社長がご出席になる必要はないと思いますが」

珍しく鹿目が異議を唱える。宗近の立場を心配しているのだ。大きな暴力団の襲名披露には、マスコミも多く集まるし警察の監視もつく。宗近がフロント企業の社長であるのは一部には知られている事実だが、表だった場に姿を現すのは、世間に舎弟企業であることを公言するのと同じだった。鹿目が止めるのも無理はない。

「心配するな。今さらだ」

取り合わない宗近に、鹿目は少し不満そうな表情を浮かべた。宗近のやることには滅多に口出しをしない鹿目だが、東明のこととなると、時々こんなふうに愁眉《しゅうび》を見せる。

「……東明さんは、少し社長に頼りすぎではないでしょうか。このままでは危険です」

これが他の人間だったら、余計なことを言うな、と一喝《いっかつ》して済ますところだが、鹿目は第一秘書という肩書を与えられる遥《はる》か以前から、宗近を支え続けてきた男だ。誰よりも宗近の事情を熟知している。宗近と東明の複雑な関係を知っているからこそ、忠言せずにはいられないのだろう。

自分が東明に甘いことは自覚していた。肉親としての愛情もあるが、宗近は過去に犯した過ちのせいで、東明に負い目のようなものを感じている。

償える罪でないことはわかっていた。それでも東明を苦しめ傷つけたという事実は、記憶から消し去ることはできない。自分は幼い東明から、一番大事な存在を奪ってしまったのだ。

——弟はお前にとって、足枷《あしかせ》にはなっていないのか。

椎葉《しいば》に問われたいつかの言葉を思い出す。足枷と言われれば足枷なのだろう。だが誰にでも枷はある。繋ぎ止められ、のしかかる重さに苦しみ、それでも外すことのできない枷が。

「すみません。差し出がましいことを申し上げました」

鹿目が小さく頭を下げる。宗近は「いや」と頭を振った。

「お前の言いたいことは俺もよくわかっている。だが東明が跡目を襲名してから、まだ一年しかたっていない。長い目で見てやってくれ」

宗近は書類を片づけ、椅子から立ち上がった。

「帰る。車を出してくれ」


鹿目の運転するベンツは西新宿《にししんじゅく》にある会社を出て、青梅《おうめ》街道から靖国《やすくに》通りへと入った。夕暮れ時で道路はひどく混んでいる。

新宿区役所の近くで見知った顔を見つけた宗近は、鹿目に車を停めるよう告げた。路肩に寄せた車の中から窓を開け「おい」と声をかけると、歩道を歩いていた椎葉が驚いた顔で振り返った。

「乗れ」

椎葉は一瞬、ムッとした顔を見せたが、黙って後部座席のドアを開け、宗近の隣に滑り込んできた。

「一緒にメシでも食うか？」

「いい。腹は空いてない」

椎葉が窓の外に顔を向けたまま答える。素っ気ないのはいつものことだが違和感を覚え、宗近は椎葉の顎を摑んで振り向かせた。

「その顔はどうしたんだ？」

よく見ると椎葉の左顎のあたりが青黒く変色している。内出血のようだった。

「……昨日、酔っぱらいに絡まれて殴られたんだよ」

バツの悪そうな顔で椎葉は宗近の手を払った。

「殴られっぱなしか？」

「刑事が一般市民を殴り返すわけにはいかないだろう」

「手帳を持ち歩けないと不便だな」

別に嫌みで言ったわけではないが、椎葉は拗ねたように「うるさい」と唇を歪めた。

「暇なら今から家に来いよ」

「……また餌だけ要求するつもりだろ」

「よくわかってるじゃないか」

素早く唇を奪うと、椎葉は血相を変えて宗近を押しのけた。

「何するんだっ」

「今さら照れるなよ」

「照れてるんじゃないっ。鹿目さん、停めてください……っ」

宗近が駄目だと言うより早く、鹿目が路肩に車を寄せた。椎葉は素早くドアを開け、宗近を振り返った。

「俺はただメシ食らいに用はないぞ。頼むから真剣にやってくれ」

「俺はいつでも真剣さ。あれだけベッドの中で真面目に可愛がってやってるのに、まだわからないのか？」

椎葉は口を開けたが、結局何も言わず勢いよくドアを閉めた。そのまま振り返らず、雑踏の中に紛れ込んでいく。

「鹿目。勝手に停めるなよ。お嬢ちゃんに逃げられちまっただろう」

「申し訳ありません」

宗近は片眉をつり上げた。

「お前もあいつを気に入ってるのか」

「はい。とても可愛い方ですね」

鹿目が真面目くさった口調で答える。宗近は笑いながら、「あいつの前で言うなよ」と鹿目の肩を叩いた。

「地団駄《じたんだ》踏んで怒るから」

「注意いたします。……出しますよ」

鹿目が再びベンツを発車させると、車はすぐ椎葉に追いついた。追い越す一瞬、宗近は椎葉の横顔を見つめた。軽薄な格好とは裏腹に厳しい表情をしていた。

顔に痣《あざ》を作りながら、夜の街を歩き続ける男——。その姿は宗近の目に一匹の獣のように映る。群れを作らず、ひとりきりで情報という名の獲物を狙う、飢えた美しい孤高の獣。

あの男の足にも枷はある。見えない重い鎖《くさり》を引きずりながらも、ひたすら前に進んでいこうと足掻《あが》いているのだ。ぽきりと折れてしまいそうな弱さを持っているくせに、壊されることを恐れていない。時に無謀で危なっかしくも見えるが、怯《ひる》むことのない強気な眼差しに、どうしようもなく惹かれてしまうのは事実だった。

宗近は背もたれに深く身体を預け、目を閉じた。

警察に協力してやる結果になるのは腹立たしいが、あの男を手元に置いておくためなら仕方がない。差《さ》し障《さわ》りのない範囲で情報を見繕ってやることにしよう。多少のリスクを冒しても、その価値はある。

——捕まえるつもりが、完全に捕まえられたな。

宗近の口元には我知らず、満足げな笑みが浮かんでいた。

# POSTSCRIPT

SAKI AIDA

この度は拙作を手にとっていただきまして、ありがとうございます。シャイノベルズさまからは、これが二冊目の本になります。

担当さまに「次はヤクザ×刑事なんかどうですか？」と聞かれ、ヤクザスキーなので後先考えずに「いいですねっ」と即答し、勢いのままに本作を書き上げました。

正直申しまして自分の力量を考えると、特殊な任務に就く刑事が主役というのは、少々無謀だったように思いますが、私自身はとても楽しんで書くことができました。若干、椎葉の尻が青くなったのと、宗近がぬるくなったのが心残りですが……（笑）

制作秘話というほどのものではありませんが、当初おおまかなプロットを立てた段階で

英田サキ情報ブログURL　http://blog.aidax.net
英田サキ情報ブログ

は、篠塚というキャラは存在していませんでした。担当さまに「椎葉の先輩か上司で、エリート的な人間がいるといいですね」と言われ、じゃあ椎葉のお姉さんにキャリアの夫がいた、というのはどうだろう？　と考え、エリート官僚の義兄・篠塚が誕生しました。

宗近とは対照的な雰囲気を持つ篠塚の存在が、脇からストーリーをピリッと引き締めてくれたように思います。担当さまの諸々のアドバイスに、心より感謝致します。

イラストを担当してくださった奈良千春先生にも、深く御礼を申し上げます。以前から挿絵を描いていただきたいな、と願っておりましたので、今回ご一緒できて感激でした。

溜め息が出るような素晴らしいイラストの

数々、本当にありがとうございました。

最後になりましたが、読者の皆さま。前作の「君のために泣こう」とはガラッと違った雰囲気のお話になりましたが、少しはお楽しみいただけましたでしょうか。

椎葉、宗近、篠塚の三人には、また活躍してもらう予定もございますので、ぜひご意見、ご感想などお聞かせくださいませ。

ではでは、次の本でもお会いできますことを願いつつ。

二〇〇五年一月　英田サキ

●参考文献●
『手記　潜入捜査官』著者：高橋功一　角川書店
『拳銃密売人』著者：津田哲也　イーストプレス
『警察が狙撃された日』著者：谷川　葉　三一書房
『ミステリーファンのための警察学読本』編著：斉藤直隆　アスペクト

# エス

SHY NOVELS124

英田サキ 著

SAKI AIDA

ファンレターの宛先
〒101-0065　東京都千代田区西神田3-3-9大洋ビル3F
(株)大洋図書 SHY NOVELS編集部
「英田サキ先生」「奈良千春先生」係
皆様のお便りをお待ちしております。

初版第一刷2005年2月16日
第八刷2008年9月24日

発行者　山田章博
発行所　株式会社大洋図書
〒101-0065　東京都千代田区西神田3-3-9大洋ビル
電話 03-3263-2424(代表)
〒101-0065　東京都千代田区西神田3-3-9大洋ビル3F
電話 03-3556-1352(編集)
イラスト　奈良千春
デザイン　Plumage Design Office
カラー印刷　小宮山印刷株式会社
本文印刷　株式会社暁印刷
製本　株式会社暁印刷


ISBN4-8130-1043-1